アイカギ
～アフターデイズ～
恥じらい幼 染と
もっと
ドキドキ
マギギ 同
著 もみあげルパンR
画 ぎん太郎
原作 あざらしそふと
Paradigm
ぷちぱら文庫

小鳥遊《たかなし》汐栞《しおり》
B84(Dカップ)・W57・H85
望の幼馴染。おっとりしたおとなしめの美少女だが、しっかり自己主張する大きなバストの持ち主。親の転勤により一人暮らしを始め、大学に進学した現在では恋人同士になった望と本格的に同棲生活を始めている。

春原望《すのはらのぞむ》

先に推薦入学を決めていた汐栞と同じ大学へ進学。夏休みはバイトで資金を貯め、汐栞と存分に楽しむ予定。

プロローグ　アイカギ

朝、枕元で目覚まし時計のアラームが鳴り始めた。

その音で、俺、春原望《すのはらのぞむ》と——隣で寝ている、恋人の小鳥遊汐栞《たかなししおり》は目を覚ます。

「ん……あさぁ……？」

汐栞は手を伸ばして目覚まし時計を止めると、上半身を起こして伸びをしながら可愛らしくあくびをした。

「ふあぁ……」

「おはよう、汐栞」

「うん、おはよう、望……って、起きたんだ。いつもは目覚ましの音じゃ起きないのに」

「あはは、ちょっと懐かしい夢見てたこともあって、なんか目が覚めちゃった」

「懐かしい……夢？　どんなの？」

「この……汐栞の部屋で暮らし始めたときの夢」

「それ、懐かしいっていうかついこないだのことだよ～」

「いやまぁ……汐栞とこうして恋人同士になってる今だと、やっぱりあの頃は懐かしいかなぁって」

「んふふ、それもそうかも♪」

半年ほど前——親から『進学に備えて一人暮らしの練習しろ』と言われた俺は、しぶしぶ物件を探していた。

そこに、声をかけてきたのが幼馴染の汐栞である。

ご両親の仕事の都合ですでに一人暮らしをしていた汐栞が、一緒の部屋に住まないかと提案してきたのだ。

幼馴染で近所付き合いも深かったこともあってウチの両親も簡単に承諾。

あれよあれよという間に二人の共同生活というかたちが始まった。

「しかし、一緒に暮らさないかって言われたときはホントびっくりしたよ」

「あのときは……その、勢いで……あのまま卒業してたら二人とも違う大学だっただろうし、少しでも望と一緒にいたくて必死だった……んだと思う」

「そうだよなぁ」

汐栞の提案で一緒に暮らし始めてからは関係が一気に縮まっていって……クリスマスの日に告白して恋人同士に。

それからは猛勉強して汐栞と同じ大学を受験。

合格して一緒に通い始めてからそろそろ二ヶ月……といったところだ。

そんなことを思い出していると汐栞と目が合って、お互いに微笑み合う。

「ほんと、いろんなことがあった半年だったね」

汐栞も同じように思い返していたのか、うれしそうに笑った。

「私、あのとき望が『好きだ』って言ってくれたの、ずっと忘れないよ」

「……それはこっちが恥ずかしくなるから、できれば言わないでほしいところ」

「ふふ、ごめんね♪　でも言っちゃう。私にとっては、あれは望からずっとずっと聞きたかった言葉だから」

「……いじわるだなあ」

俺は布団を掴むと頭からそれをかぶってかたつむりのようになる。

「あっ、そんなことすると寝ちゃうでしょ。ちゃんと大学行かなきゃだめー！」

……そんな感じで、俺たちは相も変わらず、仲良く二人で暮らしているのだった。

第一章　二人の大学生活

俺たちの通う大学は、電車で三駅先にある。まずは歩いて駅前まで出て、そこから電車。通学時間は大体三十分ぐらいだ。

大学が近くなってくると、だんだんと似たような年頃の人たちが増えてくる。

電車を同じ駅で降り、同じ道を通って校門へ。

「なんとか間に合ったみたい」

「席が埋まる前に入っちゃおう」

大学に入ってから初めて見る大きな教室。集まっている学生の数も多いので、あたりがずっとザワザワしている。

そのうちにチャイムが鳴り――教授が入ってきて授業が始まった。

しかしマシになったとはいえ教室内はまだざわわしたままだし、教授も気にせず進めてるしで、あんまり授業という感じがしない。

なので俺はすぐに眠くなってきて、ついあくびをしてしまう。

「はぁ……もう眠い……」

俺は汐栞に小声で話しかける。

たぶん、他のみんなもこうしてるから教室がざわざわしたままなんだろう。

「大学始まった頃も言ったけどさ……なんで授業一時間半もあるの……」

「びっくりしたよね。今日は五限まで全部埋まってるし」

「うぐぐ、どうしてそんなことに……」

「だってだって、全部取らないともったいないかなって思っちゃって」

「まぁ、それが正しいんだろうけど……なかなかしんどい」

「でも明日は一限目がないからゆっくりできるよ？」

「むしろ毎日そうしてほしかった……」

机にぐったりしてみせると、汐栞がクスクスと笑う。

やっぱり、身体を動かす授業もひとつくらいは取れば良かった。

運動が得意ってわけじゃないけど。

「来年はもう少し考えて授業を決めよう……」

「まぁまぁ、そう言わないで。もう少ししたら夏休みでしょ？」

「そうだ……夏！　夏休みだ！　光明が見えてきやがったぜ……」

「その前にテストだけどね」

「……希望はついえた」

テストの言葉を聞いた途端、身体から力が抜け、また椅子でぐったりする。

汐栞はそんな俺を見てまた楽しそうに笑った。

「またテストせにゃならんのか……」

「ふふ、そういうこと。ちゃんとやらないと、望だけ留年しちゃうよ？」

「う、それはいやだ。汐栞と一緒に卒業したい」

「それなら、ちゃんとやらないとね」

「仕方ない……」

俺は大きなため息を吐いたあと、また伸びをした。

「まぁ、それはそれとして……夏休みの計画くらい立ててもバチは当たらないだろう？」

「……そうだね？」

キョトンとした顔で俺のことを見つめてくる汐栞。

「驚いたことに、大学は夏休みが二ヶ月もある！」

「うん、私もびっくりしちゃった」

「ダラーっとしてぼんやり過ごすだけなんてありえない！　なので、ちゃんと予定を立ててキッチリ楽しもう！」

「ふふ、そういうところはしっかりしてるんだもんな～」

汐栞はまた笑うと、ニコニコしながら俺のことを見つめてきた。

「今まではぼんやり過ごしてたし……暑い～ってグダってたら終わってた感じ……」

「なんか想像できる。それで夏休みが終わる直前に宿題したりするタイプだもんね、望」

「ぐぬぬ」

汐栞に全部見抜かれていたが本当のことなので何も言い返せない。

「でも、ちゃんと予定立てるのはいいよね。一緒に夏休み過ごすのは初めてなんだし♪」

「……そういやそうだなぁ」

ここ数年を思い返してみても、夏休みに汐栞と会った記憶というのはほとんどない。

「夏休み、たまに顔を合わせて挨拶するくらいで、遊びに行ったりしたのは小さい頃だけだもんね」

「は～～……なんて勿体ないことをしてたんだ俺は……」

俺は椅子からずり落ちると、そのまま机に突っ伏す。

「も～、それはいいって。そういうこと思い出すとすぐぐにゃぐにゃになるんだから」

「もっと早くに付き合っていれば、成長途中の汐栞の身体もたくさん楽しめたのに……」

「もう、ばか」

汐栞はちょっと恥ずかしそうに言うと、俺の脇腹をグーで小突いてくる。

「……済んだことはしょうがないけど……埋め合わせは今からでもできるでしょ？」

そう言ってにっこり微笑む汐栞。

その可愛さに俺はついドキドキしてしまう。

「……そうだな。今までのぶんも楽しまないとな」

「ん……♪」

汐栞は頷くと、うれしそうにこちらに少し身体を寄せてきた。

「……とは言ったものの……夏休みを色々満喫するにしても、お金のほうがあんまりないんだよなぁ」

「そうだね～。何するにもお金はいるもんねぇ」

俺の言葉を聞いて、汐栞もちょっとだけため息をついた。

今のところ日々の生活は……二人とももらっている仕送りでなんとかなっている。

仕送りを半分ずつ出して、家賃や光熱費その他もろもろを支払い、あとは食費などでほとんど消えてしまう。

残りは小遣いにしたり貯金にしたり、といった感じ。

「私、ちょっとずつは残してるつもりだけど、そんなにまとまった額はないよ～？」

「それは俺もだな～」

というか、俺のお金も汐栞に管理してもらっている。

自分で持ってたら好きなだけ使ってしまいそうだから。

「今ある貯金はちゃんと置いておきたいんだよね。何があるか分からないし」

「うん、それは分かってる。パーッと使おうなんて言わないから」

そうなると、導き出せる答えはひとつというか……。

「……アルバイトしかないか」

「それしかないよね、やっぱり」

「前と違って、今は自由にバイトもできるわけだしな。遊ぶお金は自分で稼げってね」

「でも、大学の授業のほうが優先だからね？　忘れちゃだめだよ～？」

汐栞が警告のためにちょっとだけ怖い顔をした。

「う……は、はい、分かってます」

「それならよろしい♪」

汐栞はまたいつもの可愛い顔に戻る。

そして俺たちはヒソヒソ話を終え、授業に集中するのだった。


それからしばらくの日が過ぎ、梅雨明けを思わせるような晴れの日がやってきた。

「んん～、久しぶりに晴れたな～」

「うう……でも雨上がりだし湿気がすごい……」

窓を開けているものの、入ってくるのは湿気を含んだ生ぬるい風だ。

とはいえ、いい天気なのですぐにそれもマシになりそうだ。

「土日に晴れてるのも久しぶりだし、今日は洗濯しないとな」

「そうだね～……」

汐栞の返事にいつものハリがない……と思ったら、机に身体を乗せてだる～んとしていた。こんなぐにゃぐにゃな彼女を見るのは初めてだ。

「汐栞、どうかした？　調子悪い？」

「そうじゃなくて……あつい」

「暑い……まぁ梅雨明けしてないとはいえ、もう七月だしな」

「洗濯もだけど、衣替えも全部やっちゃわないとね～」

「じゃあ俺が洗濯しておくから、汐栞はそっちをやっててくれる？」

「りょ～か～い」

なんだかふにゃふにゃした声で汐栞が言う。

頼りなさげだけど、まぁ大丈夫だろう。

「よし、とりあえずこっちは洗濯だ」

そんなわけで、俺は洗面所に向かう。

「んん～、まずは一番使う下着からだな」

俺は洗濯機についているホースを、残り湯のある浴槽に入れる。

そして積み重なった洗濯物から、下着類を取り分けていく。

(汐栞の下着……)

取り出しながら、ちょっと眺めてしまう。

「いかんいかん」

俺は変な気を起こす前に、洗濯ネットにそれらを入れた。

正式に付き合うことになってしばらくしてから、こうやって下着を洗ったりすることを許してくれた。

それでもまだ少しは恥ずかしいらしく、俺が下着を畳んだりしていると、顔を赤くしたりする。

「まぁ、そこがまた可愛いんだけど！」

そんなことを一人で呟きながら、洗濯ネットを放り込む。

ついでに俺の下着も普通に投げ入れる。

「えーと、ソフトコースを選んで……洗剤を入れて……スタートっと」

ボタンを押すと、残り湯を勝手に吸い上げ、洗濯が始まった。

あとはしばらく待つだけだ。

「よし、とりあえず一回目が終わるまで汐栞を手伝うか」

俺はリビングのほうに戻って汐栞に声をかける。

「汐栞〜、そっちはどう〜？」

「あ、いいところに♪」

部屋のほうに戻ると、汐栞が夏用の部屋着を身につけていた。

「えへへ〜、どうかな〜？」

汐栞は可愛らしく微笑むと、両手を広げて自分の格好をよく見せてくる。

涼しげな白いワンピース。

ゆったりしているはずなのに主張の激しい胸や、露出した肩が目に飛び込んでくる。

「っっ……」

あまりの可愛さに俺はよろけた。

「ど、どうしたの？」

「いや、あまりの可愛さにめまいが」

「そ、そんな冗談言わなくていいから～」

「案外、冗談でもないんだけどな」

俺は汐栞のほうに近づくと、まじまじと眺める。

「ほほ～……なるほど……これは……」

「な……なんだか視線がえっちだよ～」

「いや、これはえっちにもなるって……」

薄着になったせいで胸の大きさがはっきり分かるし、何より見える肌色の面積が大きい。

圧倒的肌色率！

……いやまぁそりゃエッチのときの裸には負けるけど。

「……望が何考えてるか分かる気がする」

「なっ、え、えっちなことは考えてないぞ？」

「どうだか～♪」

汐栞は自分の身体を両手で抱くと、逃げるように離れた。

その仕草がまた可愛くて、俺はドキドキしてしまう。

「あ、そうそう。洗濯の待ち時間にあれ出そうよ、扇風機！」

「おお、そういうの出すと夏っぽくなるよな。どこにあったっけ？」

そこまで言ってからふと首を傾げる。

「……というか、ここでの夏のこと知らないから、どこにしまってあるか知らないぞ」

「えっと、クローゼットの奥に隠れてるはず」

「隠れてるって……とりあえず引っ張り出すか」

俺はクローゼットを開いた。

「でも、ここよく開くけど、そんなの見たことないぞ？」

「あとから大きい荷物入れたから隠れちゃってるの。お母さんがすぐ大きな段ボールで荷物送ってくるから」

何やら送られてくるのはいいけど、使うことのないものとかが多いらしい。

「……なんでたこ焼き器があるんだ……」

「それも送られてきて……。でも一人でたこ焼きなんて食べないし……あ、でも今は二人だから、たこパできるね」

「そうだなぁ。一度やってみるのもいいかも」

「やったぁ♪」

そんな話をしながら、中のものを少しずつ取り出す。

すると、棒の部分なども取り外されてコンパクトに収納された扇風機の姿が見えた。

「お、これだな」

俺は周りのものを崩さないように扇風機を取り出すと、汐栞に渡した。

「ん、っしょっと。去年、片付けるときに拭いたけど……もう一回拭こっか」

「そうしたほうがいいかもね」

俺はいったん取り出したものを片付けて、扉を閉めた。

そして洗濯機の様子を見るついでに、洗面所で雑巾を絞って汐栞に手渡す。

汐栞は扇風機の羽などを取り外すと、雑巾で丁寧に拭いていった。

「ふんふ～ん……♪」

「俺は……っと、まだ洗濯一回目終わってないな」

「じゃあ、お願い聞いてくれる？」

「はいはい、なんなりと。お嬢様」

「あはは……お嬢様だなんて……じゃなくて。エアコンの、えーと、網のやつ、あれ洗ってほしい」

「網……フィルター？」

「そうそう！　私じゃ椅子使わないと届かなくて、毎年苦労してるの」

「オッケー、俺ならなんとか届くか」

俺は背伸びをしてエアコンのカバーを外すと、中にあるフィルターを取り外す。

「これか……よっと。よし、取れた」

「さすが～。わ、ホコリだらけ」

「冬によく使ってたしな～」

そう言うと、二人でエッチなことをして、裸のときによくエアコンをつけてたのを思い出してしまう。

汐栞も同じことを考えたようで、ちょっと恥ずかしそうにした。

「えへへ……」

「ははは」

そして俺たちは何も言わずにはにかみ合う。

「えっと……お風呂場で洗えばいいか」

「うん、そだね。私は続きやってるから、お願い」

俺はホコリを落とさないように気を付けながら、浴室に向かった。

適当にフィルターを洗って、よく水を切ってからリビングに戻ってくる。

「洗えた？」

「うん、ばっちり。あとはベランダに置いとけば、すぐ乾くと思う」

俺はベランダにフィルターを置いておく。

次にエアコンのコンセントを抜くと、吹き出し口や本体の上の部分のホコリを拭いた。

「わ、気が利く～」

「フィルター洗ったら思いのほか汚れてたんで、全部きれいにしとこうかなと」

「私が教えることはもう何もないようだ……」

汐栞は何かの師匠のように難しい顔をしながらウンウンと頷く。

「ははは、冗談言うなって」

「ううん、そんなことないよ～。ここに来たときより、家事すごく良くなってる」

「師匠がいいおかげです」

そんなことを言って笑い合う俺たち。

面倒な掃除なんかも、こうして二人でやると楽しいし、すぐに終わるのだ。

そうしていると、遠くの洗濯機から音が聞こえてくる。洗濯が終わったらしい。

「お、洗濯干すか」

俺は洗濯物を取り出してくると、それをベランダに干していく。

汐栞の下着は外から見えないように、他の洗濯物で隠すのがポイントだ。

最近はもう慣れたもので、干すのもすぐに終わった。

「よし、次の洗濯が済むまで休憩だ」

呟きながら部屋に戻ると、汐栞も扇風機の掃除を終えたようだった。

羽などを全部元通りに取り付けた後、コンセントを差し込む。

そしてスイッチを入れると、羽が回ってそよそよと風を送り始めた。

「ふわー♪」

扇風機の前に陣取っていた汐栞が、風を受けて声を上げた。

「あああああああ〜〜〜♪」

さらにお決まりの、『扇風機の前で声を出す』だ。汐栞の声が変な感じに聞こえてくる。

そのあと、なぜか満足げな顔で俺のほうを向いてきた。

「いやいや、なんでそこでドヤ顔なんだ」

「んふふ〜、やっぱりこれやらなくちゃね〜♪」

汐栞はそう言って笑うと、風を受けて涼しそうにする。

風で汐栞の胸元がぱたぱたと開く。そのせいで見え隠れする胸元を、俺はつい凝視してしまった。

その視線に汐栞は気づき、ささっと胸元を隠した。

「もー、どこ見てるの〜」

「ん……い、いやその、ごめん」

「こ、こっそり見なくても、いつでも見られるでしょ」

照れた顔を見せながら言う汐栞。それがまた可愛くてドキドキする。

「そうなんだけど……見えそうで見えないのはそれはそれでそそるっていうか……」

「うー、ヘンタイー♪」

からかうように言う汐栞。

冗談だとは分かっているが、ちょっと心に刺さる。

なので俺は、話題を変えることにした。

「それより、さっきもグッタリしてたし、扇風機やエアコンと準備に余念がないけども、もしかして汐栞って、暑いの苦手？」

「そうなの～。夏はいつもおうちでぐったりなんだよ～」

「夏の汐栞ってよく知らないから初耳だ」

「小さい頃にひどい夏バテして、それからニガテなの」

「そうなんだ」

「冬生まれのせいかな～？」

汐栞はそう言って首を傾げる。

「ははは」

「望もそう思う？」

「関係ないと思う」

「もー！」

そう返すと、汐栞はまたグーで俺のわき腹を小突いてきた。

「ははは、でもまぁ、汐栞がエアコンとかが苦手じゃなさそうで良かったよ。俺も結構暑がりだからさ」

「あ、だからって冷やしすぎはダメだからね？」

「はーい、気をつけます」

「夏場は体調、気を付けないとだね～」

「腹巻きでも買ってあげようか？」

「またそういうこと言う～。もう持ってるもーんだ♪」

汐栞は喋りながら、クローゼットの中のケースから可愛らしいデザインの腹巻きを取り出して見せてきた。

「よし、じゃあ今度腹巻き姿も見せてもらおう」

「ちょっ、そ、それはダメー！」

そんな感じで、俺たちは楽しみながら夏の準備を整えたのだった――。

それから夕方にスーパーへ買物に行って食材を購入。

帰ってきてからは料理を二人で行い、いつものように晩ごはんタイムとなる。

「おし、それじゃいただきます」

「いただきます♪」

俺と汐栞は手を合わせてからお互いを見てちょっとだけ微笑んだ。

そして料理にお箸をつけていく。

「ん、今日のごはんもおいしいな」

「そう？　愛情いっぱいだからかな～」

「俺も作るときは愛情込めてるんだけども」

「んふふ～、私のほうが、愛情が大きいってことだね～」

「それは聞き捨てなりませんな」

「勝負しちゃう？」

「ん～……今はごはん中だし、やめとこう」

「おやおや？　どうして？」

「だって愛情勝負とか、汐栞のこと押し倒すしかないもん」

「…………」

それを聞いて、耳まで真っ赤になる汐栞。苦笑いともうれし笑いともとれない複雑な表情を浮かべる。

「あはは……ん、え、えと……その……そ、それはそれでいいかなって……」

そして両手の指を合わせてモジモジさせながら呟く。

「汐栞はえっちになっちゃったなあ」

「なっ……そ、そうさせたのは望でしょ～～！」

汐栞は人差し指で俺のわき腹をつついてくる。

「それは俺なわけだけど、汐栞自身もわがままボディの持ち主だからな～」

「わっ……わがままぼでぃって……」

また赤くなる汐栞。

結構エッチに積極的なほうの割に、こういう恥じらいは前のままだ。

そこがまた良くて、俺も未だにドキドキしてしまう。

「っていうか、ごはんのときは騒いじゃダメなんだぞ」

「あっ、そうだね……ごめんなさい」

汐栞は謝ると、気を取り直しておいしそうにごはんを食べ……思い出したように話題を変えてきた。

「そういえば、話は変わるんだけど」

「うん？」

「まだバイト見つかってないんだっけ？」

「そうなんだよなぁ……まぁそこまで真剣に探してないせいもあるんだけど」

「今月の中頃からは大学のテスト期間だし、バイトのことは置いといて勉強しよう？」

「うっ……やっぱりやらないとまずいか～」

「大学のテストって初めてだし、私も要領がよく分からないから。だから、やっぱりちゃんとしときたいなって」

「そうだなぁ。じゃ、バイトのことはいったん忘れよう」

「うんうん」

「しかし大学のテスト、どんな感じなのかな」

「もうどういうふうにするか言ってくれてる先生もいるね。ノートなら持ち込み可とか、辞書もＯＫとか……」

「そういうのなら楽なんだけどなぁ」

「望、時々授業中に寝てるから全部写さないと。コピーは持ち込み不可だよ？」

「汐栞先生のおかげで助かります」

「んふふ、任せて♪　じゃなくて、授業中に寝ないようにしなきゃ」

「そうしたいのはやまやまなんだけど、どうしても眠くて」

晩ごはんを食べながら、そんな話を続けていく。

「持ち込みが何もナシの授業と、論文形式のテストだけはちゃんとやっとかないとね」

「俺はその前にノートちゃんと写しとこう」

「じゃ、あとで見せてあげる」

「うん、ありがとう」

そんな会話をしているうちに、結構あった料理がすべてなくなっていた。

「鶏の照り焼き、結構作ったと思ったけど、もうなくなっちゃった」

「汐栞は食いしん坊だな～」

「ちょっ……望がほとんど食べたくせにー！」

汐栞が笑いながら俺のことを軽くぺしぺし叩いてくる。

「ははは、でもお腹いっぱいだ。ごちそうさまでした」

「お粗末さま。まぁ私もお腹いっぱい」

「さて、片付けしてしばらくのんびりしようか」

後片付けも済ませて、ソファでのんびりしていると、汐栞が隣に座ってきた。

やけにぴったりくっついて座ってきたと思ったら、何やらこちらをチラチラ見てくる。

「ぁ……」

そして何かを言い出そうとするけども、少し恥ずかしそうにして言い淀むと……視線を自分の手元に移して、指をもじもじさせた。

「……どうかした？」

気になった俺は、汐栞のほうを向いて尋ねる。

「ううん、なんでもない……そ、その、また後でいいから……」

ちょっと頬を赤く染めて照れながら、汐栞は遠慮する。

「いいからいいから。何か急用だったり？」

「そういうわけじゃ……うぅ……あの……その～……」

汐栞は身体をちょっと小さくすると、またもじもじしながらこちらを見つめてくる。

そしてさらにこっちへと身体を寄せてきた。

「……えっと、その……こ、今晩……」

「……今晩？」

「……えっち、したい、です」

汐栞は真っ赤になりながら言うと、両手で顔を覆った。

なんだか聞いたこっちが恥ずかしくなってくる。

「あはは、そういうことかぁ。そういやここのところしてなかったしなぁ」

大学生活で思いのほか疲れて帰ってくることもあったりで、しばらくそういうことをしていなかった。

といっても一週間くらいだけど。

「そうかぁ、したくなっちゃったかぁ」

「うう……い、言わないでぇ……」

顔を手で覆ったままコクコクと頷く汐栞。相変わらず照れるところは最高に可愛い。

「うん、汐栞からの申し出なら断るわけにはいかないな。俺からもお願いします」

「い、いえいえ、こちらこそ」

俺たちは向かい合うと、一緒に頭を下げる。

そしてお互いの顔を見合って笑ったあと、黙り込んでしまった。

このままでは先に進まないので、俺のほうから汐栞の身体をそっと抱きしめる。

「あっ……望……」

「そわそわしてる汐栞、見てて可愛かった」

「へ、変なことで楽しまないでよぅ……」

そう言う汐栞の唇を、そっと塞ぐ。

「んぅ……んふ……」

いきなりキスされて、少し目を開く汐栞だったが、すぐに細め、閉じる。

そして舌をゆっくりと入れてくると、可愛らしく唇を吸ってきた。

「んちゅ……んぅ……んふ……んんっ……んむ、んっ……れろ……ん、ちゅ、んふぅ」

しばらく舌を絡ませたあと、ゆっくり唇を離す俺たち。

半開きの汐栞の口から、温かい吐息が漏れる。

「は……ん……」

「……それにしても、汐栞が自分からえっちしたいって言うなんて……何かあった？」

「ふええ、い、言わなきゃだめ……？」

「でないと、もっと焦らしちゃおうかな」

「はぅ……」

汐栞が俺の腕の中で恥ずかしそうにモジモジするので、大きな胸や柔らかい身体があちこちに当たる。

「今日はお掃除なんかで二人でワイワイやってたせいか……ドキドキしちゃって……」

「ってことはお昼からだったの？　じゃあ、もうしたくてたまらない感じ？」

「そ、そこまでじゃないよう！」

必死に否定しているのになんだか可愛い。

なので、俺はもう少し焦らしたくなる。

「まぁ、すぐしちゃうのも味気ないし……」

「え、ふゃぁ!?」

俺は汐栞のシャツのボタンを外すと、左右に開く。

そして出てきた、大きなおっぱいを下から持ち上げた。

「やぁ……は、恥ずかし……んん……」

「いつも思うけど、すごいボリューム」

両手で下から軽く持ち上げ、たぷたぷと優しく弾ませる。

ブラに包まれているけど、柔らかい汐栞の乳房がその形を変えた。

「んんっ……も、もう、遊んじゃだめだよぅ」

「気持ち良くない？」

「そ、そういうわけじゃない、けど……」

俺はさらにぽよんぽよんと揺らす。まるでお皿に載せたプリンのようだ。

「んっ……ふぁ、はぁっ……」

そうしながら、今度は優しく揉んでいく。

「ま、待って」

「……どうかした？」

「わ、私も、気持ち良くしてあげたい……から」

「……うん、じゃあ……」

俺はズボンを脱いで、下半身を露出させる。

「ひゃぁ……」

股間のモノは完全に大きくなっており、それを見た汐栞が小さく声をあげた。

「ほら、汐栞も」

俺は汐栞のブラに手をかけると、そのまま上にずらす。

「えっ……やぁっ……」

すると、その中に納まっていた乳房が揺れながら飛び出してきた。その乳房を両手で軽く揉むと、ピンク色の乳首に吸いつく。

「んぁぁ……っ！」

汐栞は自分の声に照れながらも、露出した俺のモノに手を伸ばしてきた。

よくいう『授乳手コキ』の体勢だ。

「ひゃ～～……こ、これ……すっごくあ、あっつい……それに……もう硬くて……」

汐栞が敏感な部分をそっと握ってくる。その感触に、俺のモノは少し痙攣した。

「な、なんかこれ……照れるぅぅ……」

「こういうのは照れたほうが負けなんだぞ」

「そ、そうなの？　絶対違うと思うんだけど……ひゃんん！」

俺は片方の胸を軽く揉みながら、乳首全体を咥えるように吸い上げると、汐栞は少し身体をこわばらせながら声を上げた。

「……おっぱい、気持ちいい？」

「さ、先っぽ……んんっ……ひゃ、ぁっ……き、もちい……んぁ……やぁぁ、そんなにぁむあむしないでっ……んんんっ……」

ぷっくりと膨れた乳輪ごと吸い上げ、突起を舌ではじく。

その刺激に、汐栞は小さく身を捩った。

「汐栞も手、動かして」

「わ、分かった……」

言われるままに、汐栞はペニスを掴んでいる手を動かす。

手でするのはもう何度もやっているが、それでもまだぎこちない。

しかし、そのぎこちなさが逆に予想不能の動きになっていて結構気持ちいい。

実際に、汐栞の指が動き回るたびに、俺のモノは何度も脈動した。そして血液がどんどん送られ、ペニスがさらに膨らむ。

「わわ、またおっきく……んんっ、ち、乳首……そんなに吸っちゃ……伸びちゃう……」

「伸びない伸びない」

「んっ……伸びるよぅ……ふぁ、あ、はぁっ……ずっと揉むから……お、おっぱいもおっきくなっちゃったし……」

「そうなの？」

「ちょ、ちょっと、最近またブラきつい感じ……」

「それじゃ、もっと大きくしないとな」

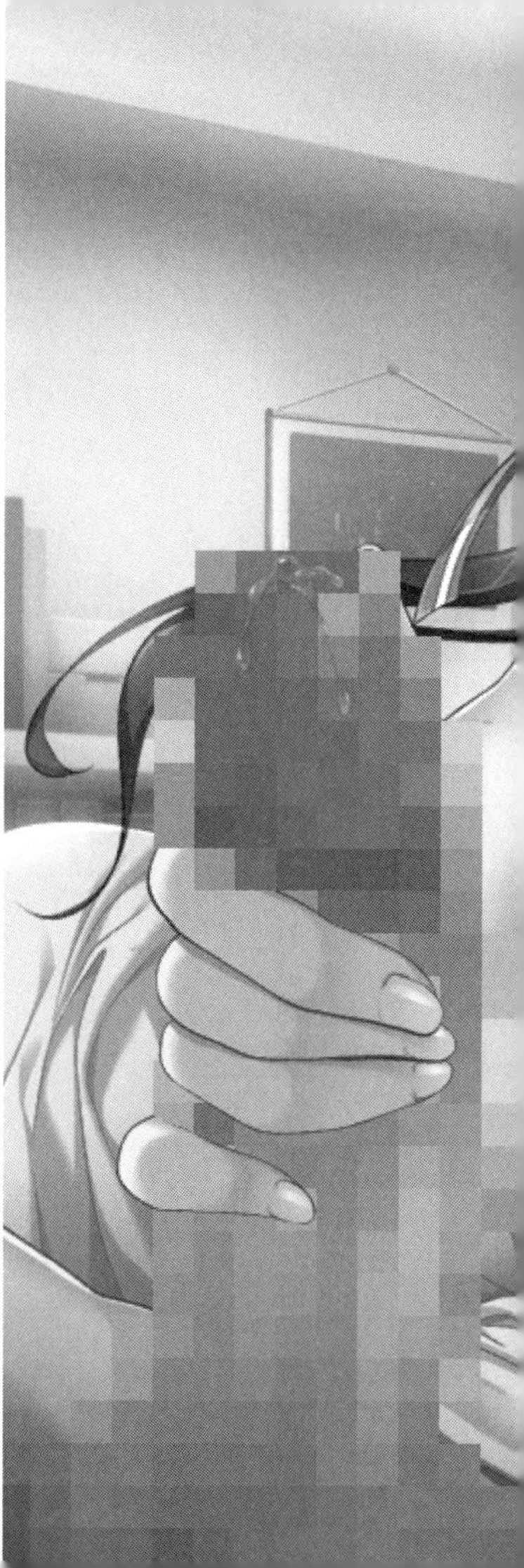

俺はまた片手を動かしながら、乳首を咥える。

「ふぁぁっ……あ、んんっ……やぁ……あ、押し込んだら戻らなくなっちゃうって」

「それもえっちでいいかも」

「そんなこと、ないから……ふぁ……ぁあっ……うぅぅ……わ、私も負けないんだから」

照れがなくなってきた汐栞は、俺のペニスを握りなおす。

だいぶ撫でられたので、先端からは先走り汁が出てきていた。

それを使い、汐栞が表面を……おまけに亀頭部分を柔らかく撫でまわす。

「し、汐栞の手、気持ちいい……」

「ずっと……私の手の中でぴくぴくしてる……」

汐栞はそのまま、亀頭を手で包み込むようにして滑らせてくる。

俺のモノが汐栞の手の中で痙攣するたび、先端からさらに先走りが出てきた。それがまたさらに滑りを良くするので、気持ち良さが倍増する。

「んんっ……。ここ、いっぱいなでなでするとね……おっぱい吸う力も入るんだね……」

「あ、あんまり、そればっかり続けたら、すぐ出そう……」

「そうなの？　じゃあ……もう少しゆっくり目に……」

そう言って、手の動きを緩める汐栞。

今度はじれったいような微弱な快感が続き、とてももどかしい。

俺の表情や反応からそれが分かったらしく、汐栞に少し余裕が生まれた。

そのせいか、汐栞はもう片方の手で、俺の頭を撫でてくる。

「ふふ……なんだか、おっきな甘えんぼさんをあやしてるみたい……♪」

「そう言われると、こっちが照れてくるな」

「ふふ、照れたほうが負けじゃなかったの～？」

「むむむ」

「ふふふっ……よしよし♪」

汐栞は満足げに微笑みつつ俺の頭を撫でる。亀頭も撫でられてるのでダブルなでなでだ。

「く……」

「あ……またぴくぴくって……おつゆ、いっぱい出てきてる……」

汐栞は人差し指の先で、尿道のところを弄《いじ》ってくる。一番敏感なところなので、俺のモノはさらに反応した。

「気持ちいいのでいっぱいだね……がまんしなくてもいーよ……？　それに……んんっ、も、もうちょっと……強く吸ってくれてもいいかな……」

汐栞が言うので、俺は乳首をもう少し強く咥え、甘噛みする。

「あっ……んんっ……！」

「あ、痛かった？」

「大丈夫……も、もっと……して」

「うん……俺も」

俺たちは少し見詰め合った後、またお互いの行為を続ける。

汐栞は乳首を吸い上げられて甘い声を出しながらも、俺のペニスを撫で続けた。

「んっ……はぁ……はぅ……んんっ、つ、抓《つま》むのはっ……ひゃぁ……」

「痛い？」

「痛くない、けど……んんっ……あっ、こりこりしちゃ……んぅ……！」

両方の乳首を弄られ続け、さすがに気持ち良さそうにする。

「はぁ……ぁ、んんっ……く、ぅぅ……」

頬を赤くして軽く喘ぎながらも、ペニスを握る手は止めない。しかも、大量に出てきた俺の先走り汁で、にちゅにちゅといやらしい音を立てている。

「はぁ……はぁ……うぁ……す、すごい……おっきい……」

汐栞は掴んでいるペニスに目をやると、その大きさに驚く。

そして、形を確かめるように、カリ首の部分を扱《しご》いてきた。

「もう、ずっとビクビクしてる……んんっ……」

「やば……そろそろ出そう……」

「出……？　ああっ」

少しぼんやりしていた汐栞は、何が出るかに気付き、ぱっと手を放す。

　寸止めみたいにされたようで、俺のモノはまた震えた。

「あ……え、えと……どうする？　だ、出し……ちゃったほうがいい、よね？」

　そう呟きながら、またペニスを握る汐栞。

「んんんっ……！」

　汐栞の手の感触でまた出そうになったため、俺は汐栞の乳首をまた強く吸ってしまった。

「ひゃ、あ、あぁっ……ち、ちくび……引っ張られる……ふぁぁぁ……」

　ちょっと強めの刺激のせいで感じたのか、ペニスを握る手にも力が込められる。

　そしてヌルヌルになっているため指が滑り、亀頭やカリ首部分を扱く形になった。

「う……！」

「ふぁぁっ、あぁ、あ、んんっ……やぁ、お、おっぱい……きもちい……ぁあっ……く、ふぁぁっ……あ、あ、ぁあっ……そんなに揉んだら……はぅぅ……」

「あ、やば……俺、もうイク……」

「えっ？　あ、と、とめちゃダメだっけ」

　汐栞は少し慌てながらも、また亀頭全体を握った。そのまま尿道口を、指先で軽く穿《ほじ》ってくる。

「わ、私の手に……出してくれていいから……」

「くっ……汐栞……っ、イク……！」

「んんっ……が、がんばって……」

尿道口への鋭い快感に堪えられなくなり、俺はそのまま汐栞の手で達してしまった。

「ふぁぁああっ……！」

勢いよく飛び出る俺の精液を見て、汐栞が驚く。

「わぁ……ぴゅ、ぴゅって出た……すご……」

汐栞の温かい手に包まれたまま、俺のモノが何度も脈動する。そのたびに先端から白い液体を撒き散らし、彼女の手を汚していった。

「ん……よしよし……いっぱい出たね……」

そして汐栞は、なだめるように俺のモノを扱く。脈動に合わせるようにゆっくりと竿を撫でられて、全部射精するまで誘導されたようだった。

射精が止まると、優しく握り、尿道に残った精液をとろりと搾り出す。

「んんんっ……はぁ、はぁ……」

「すご……手、べとべと……」

精液まみれになった手で、まだ俺のモノを撫で続ける汐栞。

「だ、出したのに……ここ、すごいままだぁ……」

汐栞はまだ大きいままのペニスを眺めたあと、自分の乳首を吸っている俺のことを見ながら言ってくる。

「俺もしばらくしてなかったから、結構溜まってて……おまけに、こんなえっちなおっぱいが目の前にあるのに、しぼむわけない」

「え、えっちなおっぱいって……私がえっちにしようと育てたわけじゃないもん～」

「はは、そりゃそうだ」

「それにしても……この体勢、やっぱり照れるよぅ」

「そこがいいのに」

「でも、たまにはこんな感じに甘えられるのもいいかも……」

「じゃあ、もう少しやる？」

そう尋ねると、汐栞はまた太ももをモジモジさせる。

「え、えと……その、私も……ほしいから……」

汐栞は赤くなりながら、掴んでいる俺のモノを撫でる。

「そっか。じゃ、そろそろしようか」

「ん……♪」

可愛らしく頷くと、汐栞は軽くキスしてきたあと、ペニスの上にまたがった。

彼女のそこはもう蜜で濡れていて、透明な雫がつつっと垂れる。

「い、いくね……」

ペニスを膣口にあてがい、ゆっくりと体重をかけていく汐栞。

二人の粘液でべとべとになっているペニスが、ゆっくりと狭くて温かい膣内に吸い込まれていく。

「ふぁあ……あ、入って……んっ……ぅぅあああ……！」

「おお……おっ……汐栞のナカ……」

「んっ……も、もう……ちょっと……んん……ふぁ、ぁぁあああぁあぁあ……っ」

膣内にゆっくりと俺のモノを咥え込みながら、汐栞がため息のような甘い声を漏らす。

そのまま根元までが完全に飲み込まれ、股間同士が密着した。

「んぁ……ぁ、あああ……お、奥まできてる……んんんっ……」

「おおお……し、汐栞の中、すごい」

「んんっ……あ、望のも……んんっ……かたい……ひぁ、ぁっ……な、何もしなくても、きもちい……んんっ……」

汐栞が呼吸するだけで、内部の形が少し変わる。

粘液まみれの襞が俺のモノの表面を覆いつくしていて、動かなくても気持ちいい。

「汐栞の太もも、ヒクヒクしてる」

「あんっ……な、撫でたら……くすぐった……ひぅ！」

くすぐったくて力を込めるたびに、膣内がきゅっと締まった。

それに合わせて俺のモノもビクビクと脈動してしまう。

「うぁあ……中で震えてっ……んんっ……ふぁ、あ、あぁっ……もう何回もやってるはずなのに、毎回すごく気持ちいい……」

「汐栞はえっちになっちゃったからな～」

「そ、そういうこと言わないでよぅ……んぁあぁあぁあっ……」

汐栞は腰を前後左右に軽く揺らしている。深く繋がったままそうすることで、内部をかきまわすような感じになるのだ。

「汐栞、よくその動きするよね」

「はっ……んんっ……こ、これ……きもち良くて……好きぃ……ふぁあっ……は、んんっ、く、ふぅ……うぁああっ……」

「どんな感じなの？」

「んんんっ……お、お腹全体が擦れて……奥に当たってるところも、こりこりして……」

クリトリスの鋭い刺激もいいが、こういうじわじわと来る快感も好きらしい。汐栞は自分の身体を手で支えながら、腰をゆっくりと揺らした。

動くたびににちゅにちゅと水音が立ち、結合部分から愛液が漏れる。

「んぅ……ふぁあっ……あ、はぁ、はぁ……んんっ……く、ふぁぁ……」

「汐栞がそうやって腰だけくねらせるの、えっちで俺も好き」

「んんっ……は、恥ずかしいけど……勝手に動いちゃう……ふぁぁ……あ、ああっ……」

だんだんと快感が大きくなってきたのか、下腹部が軽く震え始める。

そして俺のほうも、柔らかくてぐねぐねと動くものにずっと包まれているので、射精感が込み上げてきた。

「そろそろ動いてもいいかな？」

「んんっ……うん……」

「それじゃ……」

俺は汐栞の腰に手を回すと、ベッドのスプリングを使って下から突き上げる。

「んぅぅうっ‼」

お腹の奥をペニスで小突かれ、汐栞はうめき声みたいな声を出した。

「ふ、ふは……あ、あはぁあ……♪　お、奥に……刺さってる……みたい……」

「ちょっと強かった？」

「だ、大丈夫……それ、も、もっと……」

汐栞が言うので、俺はゆっくり目にそれを繰り返す。

「んぁっ、あっ、あうっ……んんんっ！　はっ、はぁっ……あぁあっ！」

ぺたん、ぺたん、と間をおきながら、汐栞の内部を突き上げる。

先端が奥に突き刺さるたびに膣内がきゅううっと収縮し、俺のモノが締め上げられる。

「んんっ……いつもながらよく締まって……」

「ってか、最近思うんだけど……前よりキツくなってるような気が……」

「んんっ……あ、あぁっ……はぁ、はぁ……だ、大学行くのに……歩いたり、電車乗ってるから、かなぁ……」

「なるほど、踏ん張ったりするからかな……？」

「あ、あとは……こ、こうやってエッチするのが増えたからだよう……！　んんっ……こ、これ……ずっとお腹に力入って……はっ、あぅぅ〜〜……っ」

小さな波が来たのか、汐栞は声を出しながらお腹をビクビクビクッと痙攣させた。

もちろん膣内もそれに合わせて収縮するので、ペニスが捻じり上げられる。

「うおおお……っ」

「はっ……はぁっ……あ、ぁあっ……ちょっと……イッちゃった……ぁ」

「やば……出ちゃうとこだった……」

「はぁっ……はぁっ……んんっ……ふふっ、ホントだ、ビクビクしてる……♪」

「まだまだ。汐栞をもっと気持ち良くしてあげてからじゃないと」

「えっ、あ、ちょっと待って、さっき軽くイッ……た、からぁっ……！」

俺はさっきよりも少し速いペースで腰を突き上げる。抽送の幅は小さいけど、小刻みに奥を刺激する動きに、汐栞はまた声を上げた。

「ひゃっ、あ、あぁっ、んんっ、そ、それ、速いっ……あぁあぁっ……お腹のっ、奥っ、いっぱい擦れてるっ……うぁあ、あ、あ、ああっ……ふぁあっ、あ、あぁあっ！」

リズミカルに腰を突き上げていると、汐栞の大きな乳房が上下に揺れた。その視覚効果も合わさってさらに気持ちが昂《たか》ぶり、ペニスに血液が送り込まれていく。

「ぁあっ、んっ、んんっ、く、ふぁあっ！　す、すご、い、ようっ……」

俺は片手を伸ばして、目の前で揺れている乳房を掴んだ。そのままぐねぐねと少し形を変えてから、先端にある、ぷっくりと膨れた乳輪を抓む。

「んんぁあっ……お、おっぱい……触り方、いやらし……ひぁあっ」

「汐栞のおっぱい、柔らかいしおおきいし、大好きだ」

「んんっ、し、下とか見えづらいし……結構邪魔なんだけど……好きって言ってくれるなら……おっきくてよかったかなぁ……♪」

「もっと大きくしなきゃな」

「そ、それはだめ……ふぁあっ、や、あぁっ……揉みすぎだよっ……うぁあ……」

「しょうがないなぁ」

俺はもう一度、いやらしい形の乳輪を抓んだ。

「んんっ……あ、抓んじゃ……感じちゃう……うんんっ！」

乳首を抓むと、膣内も連動して締まる。その締め付けの中、俺はさらに腰を突き上げた。

「ふぁぁっ、あ、んっ、く、ふぁぁぁあっ……両方、一緒にしたら……あぁんっ」

「汐栞のこと、いっぱい気持ち良くさせたいし」

「も、もう十分っ……きもちいいからっ……あぁあっ、んっ、ふぁぁあっ……あぁあっ、く、ふぁああっ、お、奥っ……ずっとたたかれてっ……痺れる感じで、きもちいいっ！」

「もうずっと締まったままだね」

「んんんっ……ごつごつしたのが……ずっと擦れてて……んぁ、あああっ……ふぁ、ぁ、あぁああっ……！　お腹、勝手に震えちゃう……っ！」

腰を突き上げた後、汐栞の身体が重力で沈んでくる。

汐栞は足に力を込めてその勢いを緩めようとするけど、快感で力が入らなくなってきているらしい。そのせいで俺のモノは汐栞の奥をさらに深く突き上げるようになっていた。

「んんっ、く、ふっ、うぁっ、あ、ああっ！　んんっ、くふっ、ふぁあっ、あぁあっ！」

奥に亀頭が刺さるたびに、内臓が押し上げられて圧迫され、口から吐息が漏れる。

しかし気持ちいいようで、身体全体を何度も震わせた。

「ふぁぁあっ、あ、あんっ、んっ、あうぅ、ううっ！　んんんっ……ふ、深いっ……ひあぁ、ああっ、し、子宮にまでっ……入っちゃいそうっ……」

「ははは、そこまではさすがに無理だろ～」

「んんっ、で、でもっ……あ、あぁあっ、おなかっ……はっ、あ、ぁあっ……押し上げられてるぅぅ……っ！」

　ペニスを押し込むたびに痙攣が大きくなる。その刺激と襞の蠢きに晒され続け、俺もさすがにヤバくなってきた。

　なので、さらに突き上げのペースを上げる。

「あっ、あぁあっ、やんっ、んんっ、んんっ！　す、すご、い、ようっ……！」

「汐栞の締め付けもヤバい……！」

「だって、こんなにお腹、ぐりぐりされたらっ……気持ち良く……なっちゃうよぅ……！　ふぁあぁあっ……あ、あぁあっ、あうっ、んんんっ……！」

「膣内《なか》がずっとぎゅってしたままになってる……！」

「んんんんっ……ふぁぁぁ、あ、あぁ、あああぁあっ！」

　汐栞もそろそろイッてしまいそうなのか、自分から腰を動かして、俺の突き上げを誘導してくる。

　そのおかげで抽送のスペースが生まれ、擦られる内壁の範囲が大きくなった。

　なので、お互いの快感はさらに高まっていく。

「ぁあぁっ、く、ふぁぁぁあっ、あ、あああっ！　んんっ、い、イッちゃいそうっ……！」

「俺ももうちょっと……」

「ううっ、あ、ぁあっ……やぁっ……んんっ……お、抑え……きれな、いぃ……っ、あ、

あああっ、あうっ、んんっ、んくっ……ふぁぁあっ、あ、あああっ！」

「うお……お、俺も……もうっ……！」

「あぁあっ……き、来てっ……い、いっぱい……出してぇえっ……！」

「よし……！　だ、出す……ぞ！」

俺は汐栞の腰を両手でしっかり掴むと、勢いよく引き寄せた。

先端が子宮口に激しくぶつかり、擦り上げる。

「んぁあぁぁぁあああぁあああぁあああーーーっっ!!」

突き上げと同時に、汐栞は嬌声を上げながら絶頂に達する。

そして俺は熱いものを汐栞の内部へと全て放出した。

汐栞の子宮口は俺の亀頭に吸いつき、放出される精液を吸い出していく。

「ぁあぁぁっ、あ、熱い……の……出てる……！」

「く、ううぅっ……搾られる……」

膣内全体が収縮し、ペニスを締め上げてきた。射精の脈動に合わせて収縮を行う。

「あぅ……う、んんぁああ……まだ、出てる……すご……んんっ……ふぁぁあ……これ、私……またっ……イッ……ひぁあぁあああ……っ！」

「く、汐栞……んんんっ！」

内部に熱いものを注がれる感触に、汐栞がまた身体を大きく震わせた。

「んぁっ……あ、ぁあぁあああ……っ……あ、ぁあっ……ああっ……」

しばらく全身をブルブルと痙攣させたあと、汐栞の身体が弛緩する。

「んっ……はぁ、はぁっ……はぁっ……」

その間も写生は続き……ようやく落ち着いてきた。

汐栞のほうも絶頂の余韻が引いてきたようで、肩で大きく息をする。

「はーっ……はーっ……き、きもち……よかったぁ……♪」

そして放心したような顔のまま、にへっと笑う汐栞。その蕩けたような笑顔がまた可愛いし、とてもエロい。

「んんんっ……それにしても……二回目なのにいっぱい出たね……」

「俺もちょっと溜まってたからな……」

「えへへ……おなかの中、たぷたぷしてる……♪」

まだ挿入したままのペニス。それは液体に包まれているような感じだ。

「……抜こうか？」

「あ、ま、待って……もうちょっと……このままがいい」

汐栞はそう言いながら抱き着いてくると、間近で俺のことを見つめてくる。

「このまま……ちゅーしてほしい……」

「うん、分かった」

顔を近づけて、お互いの吐息を感じ合ったあと……ゆっくりキスした。

「んふ……んむ……ちゅ……んっ……れりゅ……んんぅ……ちゅ、れる、んむ……っ」

しばらくキスをしてから少し顔を離す俺たち。

汐栞はさっきの蕩けた笑みを見せる。

「やっぱり……ちゅーするのが一番好きぃ……♪　はむ……んぅ、ちゅ……」

そしてもう一度、汐栞のほうから食い気味にキスしてくる。

「はむ……んっ、んんんっ……れろ、ちゅ……ぢゅる……」

そしてようやく離れた汐栞は、元の位置に身体を戻した。

「よい……しょっと」

力が入るようになってきた足で身体を起こすと、膣内に収まっていたペニスを引き抜く。

「んぁあぁぁ……っ」

抜けるときの弱い刺激に、汐栞は吐息を漏らした。

「あれ、いっぱい出したと思ったのに……」

ペニスを抜いても、汐栞の膣口からは精液が漏れてこない。

なので俺は手を伸ばし、親指でくいっと割れ目を開いてみた。

「やぁあっ……」

すると内部に空気が送り込まれ、ごぼっと言う音とともに大量の精液が溢れ出してくる。

「やぁぁぁ……は、恥ずかしいよぅ……」

俺の上にどろっと垂れる精液を見て、汐栞が顔を赤らめた。

「奥に出したから、降りてくるまでラグがあったのか……っていうか、汐栞のここがぴったり閉じたから溢れてこなかった……？　やっぱり、締まりが良くなってるのかも……」

「あ、あんまりじっくり解説しなくていいよう」

汐栞はそう言って照れると、近くにあるティッシュに手を伸ばした。

「っていうか、べとべとだし、お風呂入ろうか」

「ふぇぇえ⁉　も、もしかして、一緒に？」

「そりゃあ」

「……それ、絶対にもう一回するコース……」

「そりゃあ」

「…………」

それを聞いて、汐栞は少し迷う。

結構エッチはしてきてはいるが、一緒にお風呂のほうが恥ずかしいらしい。

「ん……しょうがないなぁ……溜まってるって言ってたし……」

「そう言いながらも、汐栞のほうが欲しいんじゃないの？　今日は汐栞のおねだりが最初だったんだぞ～？」

「も、もう、そういうこと言うなら入ってあげないもん」

「あーごめんごめん！　俺が悪かったです一緒にお風呂入ってください」

「えへへ……いいよ……♪」

汐栞はそう答えて微笑むと、またキスしてきたのだった――。

そんなこんなで、大学のテスト期間が訪れ、あっという間に終わった。

それまでの間、汐栞と一緒にノートを作ったり、しっかりと勉強を行って対策を万全にして望んだのだけど……テストが思ってたより難しくなく、俺たちは結構、拍子抜けしてしまったのだった。

「んんん〜〜〜……試験全部終わったぁああ」

汐栞と一緒に教室から出てきた俺は、大きく伸びをする。

「はぁぁ〜〜、さすがに疲れたねぇぇ〜〜」

汐栞も大きく身体を伸ばす。そのせいで、その胸が前に自己主張した。

俺はそれを目の当《ま》たり《あ》にしてしまって、少しドキドキする。

「いや、それにしても、久々に気合い入れて勉強したなぁ。だいぶ肩が凝った」

「そうだね〜。私もがっつりやったのは久しぶりだったからね〜」

「汐栞は推薦で、受験勉強してないんだもんな」

「それもあるけど、やっぱり前とは内容が違いすぎるしね。専門的で難しいぶん、結構楽しくはあるけど」

「そう思えるところがすごいというか……」

汐栞と並んで歩き、最寄りの駅を目指す。

「それにしても、試験開始から三十分ぐらい経ったら、さっさと出て行っていいんだね」

「あー、あれはちょっとびっくりしたな。さすがに出る自信はなかったから、時間いっぱいまで見直ししたけど」

「うん、頑張った頑張った♪」

汐栞はそう言うと、俺の頭をよしよしと撫でてくれた。

最近、たまにこうしてくれるけど、全然悪い気はしない。

「けどこれでようやくテスト勉強からも解放されて、待ちに待った夏休みだ！　勉強とかのことは全部忘れて楽しまないと！」

「うんうん♪　二人でいっぱい楽しもうって決めたもんね」

「そのためには……バイトをさっさと決めなくちゃな」

「テスト勉強でそれどころじゃなかったもんね……あてはあるの？」

「まぁ、何か短期のバイトをネットなんかで探してみるよ。とりあえず休みたいし、今日はそろそろ帰ろう」

「ん♪」

俺が汐栞に手を差し出すと、汐栞はうれしそうにその手を取った。

そして帰宅して晩ごはんの準備をしていると、珍しく俺のスマホに着信が入った。

「なんだ？　チャットじゃなくて電話みたいだ。汐栞、ちょっとフライパン見てて」

「うん、早く出てあげて」

俺はリビングの机に置いていたスマホを手に取ると、画面を確認する。

電話をかけてきたのは、去年までの三年間、ずっと一緒のクラスだった男友達の吉田《よしだ》だ。

ちなみに彼は、汐栞の友達のなぎさちゃんという子に卒業式の日に告白され、今は仲良く付き合っているらしい。

「っと、それより早く出なきゃ……もしもし、吉田？」

『おー、春原、久しぶり久しぶり』

「おぉ、たまにはメールか電話くらいよこせよ」

『そりゃこっちのセリフだってての』

久々に聞く友人の軽口が心地いい。自然と笑みが零れる。

『最近どうだよ。汐栞ちゃんのこと泣かしてないだろうなー』

「バカ言え。そんなこと絶対しないって。そっちこそどうなんだよ」

『あー、週末にたまに出かけてるかな。平日は俺も勉強だしあいつは大学だし』

「勉強？」

『おお、親戚のトコに就職しようかと思ってたけど、やっぱりなぎさと一緒の大学行きたいから勉強してるんだ』

「へえ！　応援するから頑張れよ。勉強教えようか？」

『困ったときは頼むわ～。っと、そうじゃなくてだな。春原、二週間ぐらい暇あるか？』

「まぁ、今日テスト終わって大学が夏休みになったから、暇っちゃ暇だけど」

『すまん、お盆まで親戚の会社が人手不足でさ、バイト入ってもらえないかなって。ほら、二年前に一緒にやっただろ、倉庫整理のバイト』

「ああ、あれかぁ！」

吉田の親戚は小さな運送業をやっており、そこの倉庫整理を手伝ったことがあるのだ。

ちなみに去年、汐栞に送ったクリスマスプレゼントとか、ああいうお金はそのバイトで得たものの残りだ。

『で、どうだ？　いけそう？』

「もちろん。こっちも短期バイト探してたとこだったからちょうど良かったよ」

『おっしゃ！　で、いつからいける？』

「少しでも給料多く欲しいし、明日からでいいよ」

『そりゃ助かる！　お盆あけてからは社員の人も戻ってくるから、二週間ってことで』

「給料、弾んでくれよ？」

『任せとけ、おじさんにちゃんと言っとくから……じゃ明日、朝九時に駅前な！』

「オッケー、じゃまた明日」

『おう、汐栞ちゃんによろしくな～』

「はは、伝えとく～」

そう言って、俺たちは通話を切る。

そして横を向くと、不思議そうな顔をした汐栞が立っていた。キッチンにいると思ってたので、俺は少し驚く。

「おお、びっくりした」

「ごめんごめん。なんだか楽しそうに喋ってたから……もしかしなくても、吉田くん？」

「うん、あの吉田。倉庫整理のバイト手伝ってくれって。前にもやったことあるバイトだし、給料も結構いいから行くことにしたよ」

「わ、ちょうど良かったじゃない。持つべきものは友達だね」

「うん、あいつには今度メシでもおごってやろう。それでバイトだけど、早いほうがいいってことで明日からになったから」

「わ、たいへんだ。それに倉庫整理って……暑いし大変そう」

「二週間だし大丈夫。こう見えて、人並みには体力あるし」

「でも、望一人働かせちゃって悪い気が……私も何かバイトしようか？」

俺の顔を覗き込みながら聞いてくる汐栞。

「いやいや、バイトするのは俺だけで十分だって。その代わり、汐栞は家のことをお願いするよ。さすがに帰ってくるとヘロヘロだろうから」

「うん、まかせて！」

汐栞は両手で力こぶを作るポーズをとる。

ま、肉体労働は俺だけでいい。

それになんというか、汐栞には目の届くところにいてほしい。知らないところでバイトとか、なんだか心配になる。

（う〜ん……過保護すぎるのかな……いやいや、汐栞に悪い虫ついちゃ困るし……しっかりしてるようで抜けてるところあるしな〜）

そんなことを考えていると、汐栞がまた顔を覗き込んでくる。

その顔が思ったより近かったので、俺はびっくりした。

「……難しい顔して、何考えてるの〜？」

「あー、俺がいない間、汐栞が寂しくて泣いちゃわないかなと」

「な、泣かないよ〜〜！」

汐栞は少し口をとがらせると、いつものようにグーで小突いてくるのだった。

第二章　夏休み開始！

さて、今日から早速倉庫整理のアルバイトだ。

俺は朝食のあと、着替えやタオルなどをカバンに詰め込んで出かける準備を済ませると、それをよいしょと背負った。

「忘れ物はないかな……たぶんよし」

まぁスマホと財布があればなんとでもなるだろう。

「あっ、待って待って」

玄関で靴を履いたところで、汐栞に呼び止められる。

洗濯の準備をしていた汐栞が洗面所から出てくると、キッチンに置いていた包みを取って戻ってきた。

「はい、お弁当♪」

「うお、作ってくれたんだ！」

「えへへ、いるだろうと思って。あと、お茶の水筒。水分補給もしっかりしないとね」

「おお～、大学は学食が多かったから弁当は久しぶりだ。ありがと、汐栞」

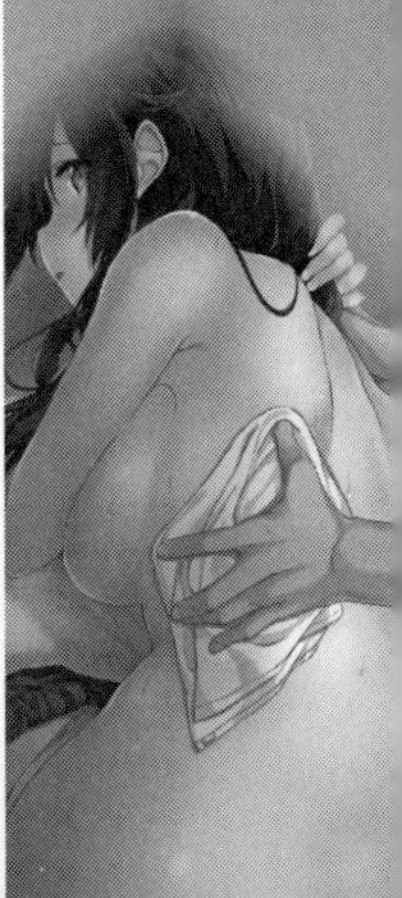

「どういたしまして」

俺は受け取ったお弁当と水筒をカバンに入れる。

「あ……あと、もうひとつ」

汐栞は呟くと、招き猫のように手をちょいちょいと動かす。

「ん、何？」

少しだけ身を屈めると、汐栞が少し背伸びしてくる。

「……んっ」

突然のことに、俺はそのまま固まってしまった。

それを見て汐栞は無邪気に微笑む。

「えへへ……いってらっしゃい♪」

「これは……普通に照れるな」

「うん、私も……」

俺たちはお互いに顔を赤くしたまま笑う。

「ん、じゃあいってきます」

「はい、いってらっしゃい」

そうして、汐栞に見送られながらドアを開けた。

「あ、あれが……噂に聞く『いってらっしゃいのチュー』か……！　こんなに威力のあるものだとは……」

俺はまだドキドキしている胸を押さえる。

「……うん、待ってる汐栞のためにも頑張らないとな……なぁに二週間くらい軽い軽い」

俺は一人呟くと、待ち合わせの駅前に急いだ――。

しばらくして駅前に到着すると、そこにはすでに吉田の姿があった。

「おーい吉田」

「お、来たか春原」

「悪い、待たせちまった」

「いや、全然待ってないし。んじゃ、早速行こうぜ」

俺と吉田は早速電車に乗り、バイト先の倉庫へと向かった。

そういうわけでバイトなのだが……。

作業内容は倉庫整理や梱包やら、ピックアップなど。

まぁ、知り合いは吉田とそのおじさんだけなのでサボることもできないし、何ひとつ特筆すべきこともない。

ただ、エアコンは効いてるはずなのに、動き回るからすごく暑いし疲れる。

でもこれも汐栞との夏休みのためなので頑張れるのだ。

そんなこんなで、夢中で作業しているうちにあっという間に時間は流れた。


十七時には作業も終わり、俺と吉田は朝に待ち合わせした駅まで戻ってくる。

フラフラしながら改札を出たところで、俺たちは大きく息を吐いた。

「はぁはぁ……よ、ようやく帰ってきた……大丈夫か吉田」

「ま、待てよ……家に帰るまでがバイトだぜ……」

「こりゃ明日筋肉痛だな……ってなんで吉田までヘロヘロなんだ」

「言っただろ、勉強してるって。卒業して一ヶ月ほどおじさんとこでバイトしてたけど、そこから辞めたんだ」

「なるほど……」

「まぁ帰ってソッコー寝るわ。また明日な」

「ああ、また明日」


吉田と別れた俺は、スマホのチャットＳＮＳで汐栞に連絡を入れる。

「今、駅前に帰ってきた、と……」

入力してすぐ、汐栞から返事があった。

どうやら晩ごはんの買い物でスーパーに行く途中らしい。なので俺もスーパーに行くから待っててと返事を入れた。

「よし、汐栞の顔が見られるなら多少の寄り道も平気だ」

俺はなんとか歩き始めると、待ち合わせのスーパーに向かった。


「ああ～～ようやく帰ってきた～ただいま～」

「おかえりなさい♪」

買い物を終え、家についた俺は、靴を脱いですぐリビングに座り込んでしまう。

一日中立ち仕事だったから足が棒のようだ。

「さて、晩ごはんすぐ作っちゃうから、望は先にお風呂入ってて。買い物に出る前にお湯張りしといたから」

「おお、そりゃありがたい。じゃ、先に汗流してくるよ」

「うん、ゆっくり疲れ取ってね」

俺は洗面所に行くと、服を脱いで洗濯カゴに入れる。

そしてカバンから持ってきた、バイト時の服も一緒に入れた。

「おお、ぬるめに沸かしてある。ありがたい」

俺はまず身体を洗っていく。汗でべたついていた肌がさっぱりして気持ちいい。頭や耳など、洗い残しがないように隅々まで丁寧に洗う。

そしてシャワーできれいに泡を流して、ぬるめの湯船に浸かった。

「ふぁあ〜〜、これはいい……。生き返るとはこのこと……」

湯船の中で、使った筋肉を揉んでほぐす。

まあ今更やったところで明日は筋肉痛なんだろうけど、やらないよりマシだ。

「しかしさすが汐栞……ちゃんとお風呂のことまで気が回ってるなんてな〜。やっぱり汐栞に家のこと任せて正解だった」

二人ともバイトしてたら、両方疲れて帰ってきて家のことは何もできなかっただろう。

そういう感じになったら、あとはドラマとかでお決まりのパターン……疲れからイライラしてケンカ……みたいな。

「汐栞とはそういうふうになりたくないしな〜……」

俺たち二人は、険悪なムードになる前にお互い謝ってしまうタチだし。

そんなことを考えながら湯船に浸かっていたら、そこそこ時間が経っていたらしい。洗面所に汐栞が入ってきて、俺のことを呼んでくる。

『望〜、ごはんの準備できたよ〜』

「分かった〜、そろそろ出るよ〜」

『は～い』

汐栞に返事すると、俺は風呂から上がった。


浴室から出ると、部屋中がカレーのニオイになっていた。

お腹がすいていることもあって、身体を拭いている間もぐうぐうと鳴る。

「うう～、お腹すいたぁ」

「待ってね、すぐよそうから」

汐栞はお皿にごはんをよそうと、カレーをたっぷりかける。

「部屋がカレーのニオイすぎてお腹が鳴る」

「あはは、ちゃんとあとで消臭スプレーしなきゃ」

言いながら、汐栞が夕飯をテーブルに並べた。

「今日は特製の夏野菜カレーです♪」

「聞くだけで美味そう……それじゃ、いただきます！」

俺はスプーンで、夏野菜と豚肉で具沢山のカレーを掬うと、それを口に運ぶ。

「はふ……はふ……ん、んんんうまい！」

「えへへ、ありがと♪」

「いや、実際すごくイケるよ。やっぱりいいなあ夏カレー」

「一人だったらあんまり作らないけど、今は二人だから量も作れるしね」

「三日ほどカレーでもいいくらいだ」

「さすがにそんなに作ってないよ～」

汐栞も笑いながらカレーを口に入れる。

「ん、おいしい」

「うん、これなら店で出せるレベル」

「そんなまさか～。でも、そう言ってもらえるとうれしい」

「おかわりも食べよう」

「もう食べちゃったの⁉」

汐栞はまだ半分も食べていない自分のお皿と見比べて驚く。

「急いで食べると消化に悪いよ～？」

「ははは、大丈夫大丈夫」

俺はさっとキッチンに戻って、またカレーを入れて戻ってくる。

「ま、また山盛り入れて……」

「お腹すごい空いちゃって……」

「あ、もしかしてお弁当、足りなかった？」

「そういうわけでもなかったかな？　って、お弁当ありがとう。おいしかった」

「お弁当はほんと大したことないから。ほとんど冷凍のだし。あ、お弁当箱、洗うから出しておいてね」

「はーい」

返事をしながら、今度はゆっくりとカレーを味わう。

「で、バイトはどうだった？」

「前にもやったから要領はそこそこ分かってたけど……やっぱり久々でキツかった……荷物運んだり、整理したり、梱包したり……」

「聞いてるだけで大変そう」

「クーラーは入ってるみたいだけど、動き回るからやっぱり暑いし」

「この時期はさすがにね～……うーん、やっぱり望だけに働かせちゃって、なんだか申し訳ないなぁ」

「そんなことないって。お弁当とかお風呂とかすごく助かってるから」

「それならいいんだけど……」

「汐栞のほうは今日、何してたの？」

「私？　私は、お部屋のお掃除して～、お布団干して～……あとはシンク周りのお掃除したくらいかな～。いつも通りって感じだよ」

「うんうん、いつも通りが一番。あ、仕事中もスマホはずっと持ってるから、何か急用があったらいつでも連絡して」

「うん、分かった」

そんなとりとめもない会話をしながら夕食を終える。

食事を終えた後、二人で洗い物をしてからようやく一息入れる。

「は〜〜〜……お腹も膨れたし……なんだか眠くなってきた」

「食べてすぐ寝るのは良くないって聞くけど……どうする？　寝ちゃう？　私は、お風呂入ったりするけど」

「うん……疲れたし、明日も早いし……もう寝ようかな……」

「うん、お疲れさんだもんね。私のことは気にしないで、ゆっくり休んで♪」

「そうさせてもらうよ〜」

そんなわけで、俺は汐栞の言葉に甘えて、先に就寝させてもらうのだった――。

◆　◆　◆

望がバイトを始めてからもう一週間。

もう恒例となっている、玄関先でのお見送りを行う。

「じゃ、行ってくるよ、汐栞」

「うん、いってらっしゃい、がんばってね」

私はそう言うと少し照れるけど、彼の唇に軽くチューをする。

「はは、ありがとう。じゃ、いつもの時間ぐらいに戻るから」

望も少し恥ずかしそうにはにかむと、手を振りながらドアを開けて出かけていった。

キスされてちょっと照れるのがカワイイというか。

「まぁ、私のほうもドキドキしちゃってるんだけど」

胸をちょっと押さえながら呟く私。

でも、喜んでくれてるみたいだし、バイトの初日にやってみて良かったと思う。

「いってらっしゃいのチューとか……ベタベタすぎだよねぇ」

とはいえ、ベタなのも良いというか、そういうのに憧れてたところもある。

「女の子の夢のひとつだし」

男の子の夢のひとつでもあるのかな?

なんてことを考えながら、私は玄関先でひとり首を傾げた。

「って、そんなこと考えてないで、私も家のことがんばらなきゃね」

私はぐっと握りこぶしを作って気合を入れる。

「まずは洗い物しなくちゃ」

キッチンに行き、シンクにある洗い物に手をつける。スポンジに洗剤を出して、丁寧に食器を洗っていると、自然と鼻歌が出てきた。

「ふんふ～ん……♪」

朝ごはんに使った食器やお鍋などなので、量は少ない。泡のついた食器を水できれいに洗い流していく。

「ん、おしまいっと♪」

食器を水切りカゴに置いておく。拭かなくても、このままですぐに乾くだろう。

「さて、次はお洗濯だね～」

手を拭いた後、そのまま洗面所に向かう。

「バイトで使った作業着、ちゃんと洗っておかないと明日着れないしね」

洗濯カゴの中の衣類を、洗濯機に放り込んでいく。先にシャツやズボンのほうだ。

「ほいほいっと」

カゴからぱんつなどの下着を横に置き、服を先に取り出していく。

「…………」

そうしようとしたとき、手に持っているのが望のぱんつだと気が付いた。

「ん……」

さすがにバイト中に汗をかいているせいなのか、望のニオイが濃く残っている。

それに気が付いた瞬間、私の心に少し魔が差してしまった。

「え、えっと……」

部屋には私以外誰もいないはずなのに、きょろきょろと左右を確認した。

そして、手に持っているぱんつを、鼻先に少し近づけてみる。

「ふぁ」

漂ってきたのは、汗や男の子の独特のニオイ……でも、臭いとか不快とか、そういうのではなかった。

「う……も、もうちょっと……」

なので私は、また鼻を近づけてニオイを嗅ぐ。

ニオイのするものはちょっと嗅いでみたくなるというか、臭うって分かってるのに嗅がずにはいられないというか。

そういうことってあると思う。

このときの私は完全にそういうモードになっていた。

「すんすん……ふぁ」

猫がそうするように、私は少し嗅いでは離すというのを数回続けた。

（……望のニオイ……）

そうしているうちに、なんだか胸がドキドキしてくる。

（ぅ……な、なんだか……変な気分になってきちゃったよぅ……）

下腹部がじんわり熱くなってきているのが分かる。

これはよく知っている……というか、最近になってようやく分かってきた。

えっちな気分だ。

「えっと……確か、前に望とエッチしたのは……」

ここのところはバイトで疲れてるからしてないし……その前だ。

（確か、テストの前あたり……）

私は指折り数えてみる。

「二週間以上してない……!?」

テストでバタバタもしてたし、その後はすぐにバイトだったとはいえ、こんなにご無沙汰だったのは久しぶりだ。

（望……す、すぐにえっちなことしてくるくせに〜……）

気付いてしまったら抑えがきかなくなってしまい、どんどんえっちな気分になってくる。

「…………」

私はまた、視線を動かして、脱衣所の中を確認する。誰もいないのは分かっているのに、なんだか後ろめたい気がするからだ。

「い、いいよ……ね……？」

私は呟くと、その場にぺたんと座り込み……自分の股間へと手を伸ばした——。

「ん……」

私はパンツの中に入れた指で、少し割れ目をなぞってみる。すると、指先にぬめりが感じられた。

「……ちょっと濡れてる……」

こんな、ニオイに反応しちゃうなんて……そういうこと、これまでにあっただろうか。

一緒に暮らし始めてから、男性……望のニオイを嗅ぐことは確かに多くなった。

「でも……それでムラムラしたことってなかったような……」

しかし今、実際にムラムラしてしまっている。

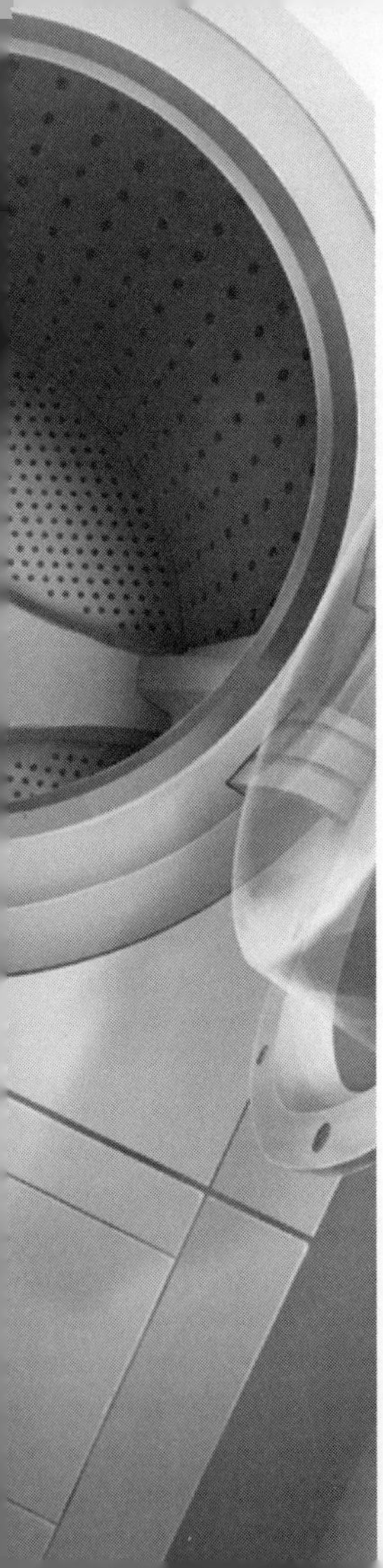

「しかも……ぱんつに沁み込んでるニオイ……」

恐らく、一番濃いにおいが残る衣服だろう。

もちろん知らない人のなら絶対に嗅ぎたくないし、変な気持ちにもならないと思う。

「やっぱり……好きな人のだから……」

私はまた、下着を鼻先に近づけた。

望の汗のニオイ。

それがなぜか香《かぐわ》しく思える。しかもどんどんと変な気持ちが昂《たか》ぶってくる。

「よくからかわれるけど、ほんとにえっちになったなぁ……」

私は呟くと、下着のニオイを嗅ぎながら、股間に忍ばせた指を動かし始めた。

愛液を掬った指先で、クリトリスを軽くこねる。

「んっ……は、ふっ……はぁ……んっ……ふぅ……んんっ……」

皮の上から、円を描くように優しく弄《いじ》る。敏感な部分なので、ちょっと擦れるだけで、足指や太ももがぴくぴくと動いた。

「はぁ……んふ……んっ……ふぁぁ……こ、こんな……自分でしちゃうなんて……」

今までも何度かオナニーはしたことはある……と言っても、数回くらいのものだ。

それも、興味本位で触ってみた……とか、自分のが変な形か気になって……とか、そういったことの確認のついでに、である。

「それが……こ、こんな……ぁ……望がいけないんだよぉ……」

私はぱんつのにおいを吸い込む。好きな人の残り香で、頭が少しぼんやりしてきた。

下腹部の疼きがどんどん大きくなってきて、愛液がさらに生み出される。

「ヌルヌル……いっぱいになってきた……」

私はまた愛液を指に付着させると、ゆっくりとクリトリスを弄る。今度は、皮の部分を剥いて、敏感なところを直接。

「んひゃぁあっ……！」

そっと触れただけなのに強い快感があったので、私は思わず腰を浮かせてしまった。

「な、何……？　なんだか……いつもより敏感になって……る……？」

それでも私は、ぷっくりと大きくなってきたクリトリスに触れる。

「ひゃんっ……んっ……は……ふぁぁあっ！　はぅ……んっ……んふっ！　軽く触ってるだけなのに……ひぅ……！　ここ……こんなに気持ち良かったっけ……？」

もちろん、えっちの最中に弄られたりするのはすごく気持ちいい。

でもそれは望に触られてるからで、どう動かすか自分で分かっている状態でここまで感じるとは思わなかったのだ。

「い、今までいっぱい弄られてるから……それを覚えちゃってる……感じ……？　あ、あぁ……き、もちいい……♪」

クリトリスへの刺激による快感で、息が上がってくる。そのせいで、手に持っているぱんつのにおいをさらに大きく吸い込んでしまう。

「ふぁぁ……あ、あぁ……におい……すごい……これ……覚えちゃだめなやつだ……」

そう思ったが、においを嗅ぐのも、指を動かすのもやめられない。

私は愛液まみれの指を使って、クリトリスを弄り回す。

「はぅ……んんっく、ふぁぁっ……あ、あぁっ……んんっ……はーっ……はーっ……」

より強い刺激を求めて指先に力が入る。すると愛液で滑り、クリトリスが弾かれた。

「あううっ！　んっ……ふぁあっ！　あぁあ……んんんっ！　んぁっ！」

そうしながら手に持ったぱんつを鼻にくっつけた。匂いがさらに強くなり、ドキドキが増す。

「ふぁぁ……ぁあっ……ん、んんっ……くふ……望のにおい……好きぃ……」

もう股間からは愛液がかなり漏れてきていた。それは指先だけでなく、私のぱんつも濡らしていく。それでも私は構わず、夢中になって下着を嗅ぎながらクリトリスを弄る。

「んんっ……ああっ、んんぅ……クリ……きもち……いいよぅ……んぅ……ぁあっ……」

滑る指でクリを挟み込んだりして左右に揺らしたり、少し爪を立てたりして、刺激を加える。かなり気持ち良くて、私は足の指をぎゅっとさせる。

「んんぁっ……んっ、や、ぁっ……引っ掻くの、きもちい……んぁぁあっ、や……も、もう……イッちゃいそ……うっ……んんんっ……」

波が込み上げてきた私は、休むことなくクリトリスへ刺激を加え続ける。

「あ、あ、あぁあっ……んっ、来るっ……イッちゃぅ……んんんっ……ふぁぁ、だめ……んっ……く、うぁあ……っ！　あ、い、イッ……〰〰〰〰〰〰っっ‼」

私はぱんつに顔をくっつけながら、絞り出すように声を上げて絶頂した。

同時に全身が硬直し、何度も痙攣する。

「んっ、んんっ、んぅぅ……っ！　く、ふ、ぅぅぅぅっ……！」

まだ身体がビクビクしている。

興奮しているせいか、絶頂の波がすぐに引かない。

「んんっ……く、ふぁぁっ……あ、はぁ……っ……はぁ……はぁ……はぁ……」

しばらくして、ようやく身体から力が抜けてきた。

私は何度も呼吸して、荒くなった息を正そうとする。

そうしているはずなのに、下着を放すことができない……それどころか、股間に這わせた指を、また動かしてしまう。

「んぁ……や、と、止まんない……あぅぅ……んんっ……こ、ここの奥がうずいて……」

私はクリを撫でていた指を、膣内に少し挿れる。

「んぁあぁあ……っ」

膣内はもう、たっぷりの愛液で満たされていた。

その中に、中指をゆっくり挿入していく。

「はぅぅぅぅ……っ……」

くちゅ……という音が聞こえた。その後、股間に少し温かさが伝わってくる。

たぶん愛液が大量に垂れて、下着を濡らしたせいだ。

それでもお構いなしに、私は膣内を指で弄る。

「んっ……ふぁあ……あぁぁあっ……な、中も……いいよぅ……んふっ……んんっ……」

指を出し入れして、入り口付近を刺激する。力も強弱をつけて、愛液まみれの内壁を指先で擦った。

「ぁあっ……はぅ、んぅぅ……んっく、うぁ、……は、ん、んふぅぅ……っ」

クリトリスとは違い、まったりとじわじわ昇ってくる快感。

膣の奥にある子宮がどんどん熱くなってくるのが分かる。

「ふぁぁっ……あ、あぁっ……はう、ううっ……んっ、んんんっ……」

ゆっくりと指を出し入れしているうちに、今度は太さが欲しくなり……膣内に入れている指が二本になる。その指を何度も出し入れし、内壁を引っ掻いた。

「んぁあ……あ、こ、ここ……気持ちい……」

入り口付近から少し奥。ちょっと膨れた感じになっている部分を押さえると、身体が跳ねそうなくらい気持ちいい。

（確か……Ｇスポットとか言ってたっけ……）

えっちのときも、太いモノでここが擦られるとすごく気持ち良かった。

それを思い出しながら、指で擦り上げる。

「んぁあっ、あう、んんっ……ふぁあっ……あんっ、んんんっ！　やぁ……お、お腹……ビクビク震えちゃってる……はぅ、んんっ……んく……んんんっ」

「はぁ……はぁ……はぅぅ……」

呼吸がさらに荒くなって、においをまたたくさん吸ってしまう。

ものすごく恥ずかしいことをしているはずなのに指を動かすのも、においを嗅ぐのも全然やめられない。

「ふぁ、あぁっ……あ、あんんっ……んふ、ううぅっ……あぁあ……こ、こんなの、絶対見せられないよぅ……」

Ｇスポットを何度もなぞる私。

それだけでは足りず、入れながら、親指でクリトリスも刺激していく。

柔らかな快感に鋭い刺激がプラスされ、気持ち良さが倍増した。

「はう、んっ、んぁっ、あ、ああっ……これ……だめ……だめぇ……」

私は頭を軽く左右に振るが、指は動かしたままだ。

くちゅくちゅといういやらしい音が静かな空間に響く。

「ぁあっ、だ、だめ……ひぁ、ぁあっ……これ、刺激強い……っ……」

また大きな快感が込み上げてくる。

私はその快感が引っ込んでしまわないように、何度も何度も、自分の気持ちいい場所を擦り続けた。

「あ、ぁあああっ……んっ、ふぁぁぁぁ……あああっ！　んっ、ふぁぁ……あ、あぁぁぁぁあああぁああああーー……っっ！」

絶頂の訪れに、私は全身を激しく震わせる。

膣内もきゅうっと収縮を行い、ナカに入っている指を締め付けた。

「んっ、んんっ、んっく、んぅぅぅぅっっ……！」

そして、ずっとGスポットを押してしまっているせいか、尿道から潮まで吹いてしまう。

「んっ、く、ふぁぁっ……あ、う、んんんっ……く、ぅぅぅ〜〜〜……っっ」

しかし絶頂で全身に力が入ってしまっているため、Gスポットを解放できない。

膣内の収縮でさらにそこが押さえつけられる感じになり、私は何度も身体を跳ねさせた。

「んぁっ、はっ……はぁっ……はぁっ……ん、く、んはぁぁ〜〜〜っ……」

そしてようやく絶頂の余韻が収まったので、私は膣内からゆっくり指を抜く。

「はぁ……はぁ……ぁぁっ……」

気持ち良さと、ぱんつの濃いにおいに、頭がぼーっとする。

私は膣内から抜いた指を、そのぼんやりした目で眺めた。

「うわぁ……べとべと……」

そして何を思ったか、舌を出してそれを舐める。

「はむ……ん、ちゅ……ぢゅる……んふ……ちゅ……」

まるで口でするときみたいに指を咥え、付着した愛液を舐める私。

「ちゅ……ぢゅる……んっ、ちゅぷ……ふぁ……」

大体舐め取ったところで、咥えた指を抜いた。

「はぁ……はぁ……んんんっ……あぅ……わ、私のぱんつ……ぐちゃぐちゃ……」

穿いているぱんつだけでなく、座っているところは愛液と潮でかなり濡れていた。

そして望のぱんつも私のよだれでべとべとになっている。

「お、お洗濯前で良かった……」

私は胸を撫で下ろすと、もうしばらく余韻に浸っていた。

「さて、お洗濯の続き、やらなくちゃ……」

ぼんやりした状態からようやく意識が戻ってきた私は、手早く後片付けをする。

穿いていたぱんつを脱いで、他の下着類と一緒に洗濯機へ。

洗濯している間に、お風呂場でべとべとの股間を洗った。

そしてぱんつを替えた私は、少しソファで放心状態になっていた。なんだかまだ感触が残っているような気がする。

(わ、私……こんなえっちなことしちゃうなんて……)

なんだか思い出したら恥ずかしくなってきたので、私は頭を抱えて悶絶する。

「はぁはぁ……な、何やってるんだろ、私……」

とりあえず落ち着くように深呼吸を繰り返す。

気分は落ち着いたけど、なんだかまだもやもやしているというか……。

気持ち良かったけど、ちょっと物足りないというか……。

「……今夜は……おねだりしてみようかな……」

私はクッションを両手でぎゅっと抱き締めながら、ひとり呟くのだった——。

◆　◆　◆

「ただいま〜」

今日もバイトを終えて、ようやく家に帰ってきた。鍵を開けて中に入ると、汐栞がこっちに駆け寄ってくる。

「おかえり～」

そして今日はなぜか、そのまま玄関先で俺に抱き着いてきた。

「おっと、どうしたの。もしかして寂しかった？」

「えへへ……ちょっとね」

汐栞はそう言って微笑むと、もう一度ぎゅっと抱き締める。

「すんすん」

俺の胸に顔をくっつけたまま、においを嗅ぐ汐栞。

「もしかして汗くさい？　最近は仕事上がりに濡れタオルで一度拭くし、着替えも持っていってるけど……」

「う、ううん、なんともないよ？」

汐栞はそう言って離れる。

「じゃあ、どうする？　先にごはん？　お風呂？」

「お腹空いてるし、先にごはんにしようかな」

「それじゃ、すぐ用意するね♪」

俺は荷物の中から洗濯物を取り出して洗面所へ置いてきた。

その間に、汐栞は夕方に作っていたものをレンジで温め、二人分のごはんを盛り付ける。

「お、できてるできてる」

「温め直しでごめんね」

「いやいや、帰ってきてすぐ食べられる状態で助かるよ」

「えへへ、ありがと♪」

「じゃ、いただきまーす」

お腹が減っていた俺は、バクバクとごはんを食べていく。汐栞はというと、そんな俺をじっと見ていた。

見るのはいいんだが、ごはんを食べる手が止まっている。

「……食べないの？」

「ふぇ⁉　あ、うん、食べる、食べるよ～」

そうは言いながらも、まだ俺のことを見ている。

「今日はなんだか熱い視線を注がれてる気が……顔に何かついてたりする？」

「ううん、全然！　ちょっと今日は、眺めたい気分なの」

「まぁ、俺も汐栞のこと一日中見てたいときあるしな。分かる分かる」

そう言うと、俺はまたごはんを口に入れた。

「今日はバイト、どうだった？　疲れた？」

「ん～、今日は比較的楽だったかも。昼過ぎからは梱包作業なのが良かった」

「それって楽なの？」

「楽ってわけじゃないけど、仕分けとかで大荷物運んだりするのよりは楽かなぁ」

「そうなんだ〜」

「それに、もうだいぶ慣れたし、初日ほど疲れるってことはなくなったよ」

「さすが男の子」

「あはは、普通だって」

「ううん、すごいと思うよ〜」

「なんか今日はやけに褒めるな〜」

俺は少し照れながら食事を続ける。

「汐栞のほうは、何か変わったことなかった？」

「ふぇぇっ⁉　あ、え、あ……な、なかった！　何もなかったよ⁉」

汐栞に聞き返すと、何やらものすごく慌てたので、俺は頭に『？』マークを浮かべる。

「いつも通りお洗濯して、お掃除……そして買い物にご飯の準備、だったよ？」

「家のこと任せっきりでごめんな〜」

「だ、だから、望は働いてるんだし、おあいこだってば〜」

「まあそうかもしれないけど……でも、ありがと」

「うん、私のほうこそありがと♪」

そんな、いつもと同じような会話をしながら、仲良くごはんを食べた。

ごはんを食べて片づけを一緒にした後、少し食休みをする。

ちょうど見たいテレビ番組があったので、ソファに座ってそれを眺めていた。

「んん～……ふう、面白かった」

特になんてことのない一時間のバラエティ番組なのだが、ついつい見てしまう。

見終わった俺は、ソファに座ったまま大きく伸びをした。

「さて……お風呂にでも入るかなぁ」

そう言うと、隣で文庫本を読んでいた汐栞が、ぱたんと本を閉じ……俺のTシャツを軽くつまんで引っ張ってきた。

「んお？　汐栞？」

「………」

汐栞の顔を見ると、頬がほんのりと赤い。

なので俺はまたソファに座って、汐栞に身を寄せる。

「やっぱり、どうかした？」

「あ……え、ええと……」

「もしかして……えっちしたくなった？」

「な、ななな……！　なんで分かったの─⁉」

いきなり当てられてしまい、汐栞は真っ赤になって慌てる。

「いやあ、汐栞はそういうとき、言い出せなくて回りくどくなるから」

「うっ……！」

「まぁ、たまにはストレートに『したい』って言うときもあるけど。この前とか」

「ううっ……」

「今日は帰ってきてから、なんだかそわそわしてる感じだったし」

というか、あれだけ熱い視線を向けられれば気付くというか。

「ぅぅ……し、したいけど……望はバイトで疲れてるだろうし、迷惑かなと思って……だ、だから、無理しなくてもいいよ!?」

それを聞いた俺は、汐栞の頭にぽんと手を置く。

「全然迷惑なんかじゃないって。無理しなくていいのは汐栞のほうだよ」

「いいの……？」

「もちろん。というか、疲れてても毎日したいくらいだ」

「さ、さすがに……毎日は私のほうがもたない、かなぁ」

汐栞はそう言って苦笑いしたあと、俺に身を預けてきた。なので俺は汐栞とキスをする。

「んっ……んっ……んむ……れる、んふ、ちゅうう……」

軽く舌を絡め合ったあと、ゆっくりと離れる。

「俺……お風呂入ってないけど……いいの？」

「ん……そのままでいい……」

汐栞は頷くと、もう一度キスをせがんできた。


しばらくキスを楽しんだあと、二人とも服を全部脱いで、ベッドに移動する。

汐栞は対面座位の体勢で俺の上にまたがると、自分の股間にペニスを擦り付け始める。

「んぁっ……あ、ぅ……」

汐栞のそこはもうかなり濡れており、ちょっと擦るだけで愛液が付着した。

「……もう濡れてる……？」

「ぅ……」

汐栞は恥ずかしそうにすると、俺のことを少し見てから視線を泳がせた。

「望……も、もう……挿れてもいい……？」

俺が頷くと、汐栞は濡れそぼった膣内にペニスを迎え入れた。

「んぁ、ぁあぁあぁあ〜〜……っっ」

長いため息のような声を上げながら、ペニスを膣内深くまで咥え込む汐栞。

「うぁ……！」

その内部はもうかなり熱くなっており、ペニスが蕩けてしまいそうな感覚に陥る。

「ひゃ、ぁ、ぁぁあ……ぅ……んんっ……くふぅぅう～～～～……っっ」

そして汐栞はというと、俺に抱き着きながらビクビクと身体を何度も震わせた。

「ひぅ……う、ぅぅ……ぅあ、ぁあっ……や、やだ……これ……奥まで拡がって……んん、だ、めぇっ……ひ、あっ……んっっく……ぅぅぅぅぅう～～……っっ！」

汐栞はそのまま、何度も腰をぶるぶると震わせた。

同時に膣内がきゅううっと締まりながら痙攣し、俺のモノが締め付けられる。

「……………くっ……ふぅっっ……！」

腰が小刻みに震えるのを、なんとか我慢しようとする汐栞。しかし堪えきれずに、腰を浮かせてしまう。なので俺は汐栞の腰を掴んで、ぐいと引き寄せ、自身を奥深くまでねじ込んだ。

「んぁぁあぁぁあああっ！」

いきなり根元まで突っ込まれ、汐栞は目を白黒させた。

「あっ、あうっ……だめっ……あっ……イッ……く……っぅぅう～～～～……っっ！」

そしてまた、俺にぎゅっと抱き着きながら全身を大きく震わせた。

「んっ……う、ぅあ……あぁあっ……はぁ……はぁ……はぁ……んんんっ……」

そしてようやく落ち着いてきた汐栞。

俺は胸板に押し付けられた乳房をふにふにと弄る。

「んぁあっ……」

「……汐栞、何回イッたの？」

「ふぇぇえっ⁉」

「さすがに、あれだけビクビクしてたら分かるって。ほら、言ってみて」

「あ、うぅ……」

汐栞は耳まで真っ赤になると、恥ずかしそうに視線を泳がせた。なので、手でしっかりこっちを向かせて目を見る。

「ほーら、汐栞」

「ぅ……さ、さんかい……んんんっ……！」

自分で言うのが恥ずかしくて、膣内まで反応してしまう。

敏感な膣内で俺のモノを締め付けて、また小さな声を上げた。

「なんでそんなことになっちゃってるの。なんか初めからすごく濡れてたし。さては待ちきれなくて、自分で弄ったりしたな～？」

「っっ……！」

汐栞が『なんで分かったの⁉』と言いたげな顔をするので、俺は笑った。

「ははは、図星だったみたいだなぁ」

「ぅうぅ……は、恥ずかしい……完全にえっちな子だよぅ……」

俺にぎゅっと抱き着きながら、泣きそうな声で言う汐栞。そんな彼女をそっと抱き締めながら頭を撫でた。

「望……？」

「そんなの、誰だって普通のことだから。それに汐栞が、俺のことを思ってそんなふうにしてくれたの、すごくうれしく思うよ」

「ぅう……やさしいよぉ……」

「だから、どういうふうにしたのか教えてほしいな～？」

「やっぱり優しくない～～」

「ほらほら、言わないとやめちゃうぞ」

「そっ、それはやだっ……」

「はい、それなら、どういうふうにしたか聞かせて」

「うぅ……」

汐栞はまた視線を泳がせたあと、少しずつ話し始めた。

「あ、ガマンできないからちょっとずつ動くね」

「えぇっ？　ちょ、今動かれたらっ……喋れないっ……ひぁあっ……」

俺は汐栞の腰をゆっくり動かしていく。

それだけなのに、汐栞はビクビクと腰を震わせた。

「ひぅ……んっ、あ、ぁあっ……か、感じ、ちゃぅ……」

「はいはい、ゆっくりでいいから、話して」

「せ、洗濯……しようと思って……下着とか……んんっ……分けてるときに……望のぱんつがあったから……つ、つい……におい嗅いじゃって……」

「えっちな気分になっちゃったんだ」

真っ赤な顔でコクコクと頷く汐栞。

「そ、それで……ガマンできなくて……においっ……嗅ぎ、ながらぁっ……自分で……いじって……ふぁぁあっ……」

「思った以上にえっちだった」

「えーん!!」

汐栞がまた抱き着いてくる。

「はいはい、そこからどうなったの？」

俺は頭をぽんぽんと撫でながら、続きを促す。

「ふぁ……あん、んんっ……き、きもち、よかったのはっ……よかったけど……んっっ、も、物足りないっていうか……ずっとおなかの下のほう……熱くって……あぁああっ……や、あ、あぁあっ……だめっ……またイッ……あぅぅうぅぅ～～～…………っっ！」

そしてまた、さっきのように声を堪えながら全身を震わせた。

どうやら、話してる最中に恥ずかしさが極まってまたイッてしまったらしい。

俺は落ち着くまで、汐栞の背中を撫でる。

「すごい敏感になってるな～」

「ひっ……ひぁっ……い、一日中……えっちなこと……頭から離れなくて……ぁあっ……や、ぁっ……こ、こうやって……お、奥まで……欲しかった、の……っ」

「うんうん、よく言えました」

俺はもう一度抱き締めてあげながら、頭を撫でる。

「ぅうう……あ……き、もちい、いっ……奥に……届いてる……んぁ、ぁああっ……」

「そんなに待っててくれたなら、うんと気持ち良くしてあげないとな」

俺は汐栞に顔を上げさせると、そのままキスをする。

「んんんっ⁉」

いきなりで驚いたみたいだったが、すぐに汐栞のほうから積極的に舌を絡めてきた。

「んんっ……ちゅ、んむ、んふっ……ぢゅる……」

俺の唇と舌を吸い続ける汐栞。そうしていると、キスしたまま、また汐栞が震える。

「んぅっ……！　んっ……んんんん～～～～っっ……！」

どうやらキスがうれしくて、達してしまったようだ。結合部分あたりに潮の生温かい感触が伝わってくる。

「んっ……ぷはっ……は、あぁあぁあぁあぁっ……あうっ……んんっ……ぁ、ぁあ……っ」

「面白いくらい敏感になってるなぁ。でもまぁ、一日中焦らされてたみたいなもんだし、そうなっちゃうかぁ」

たぶん、一日に何度か下着も替えたんだろう。

そんなになってしまう汐栞もまたすごく可愛い……いや、愛おしく感じる。

なので俺は、また汐栞のことを抱き締めた。

「ぁあっ……ぎゅ、ぎゅってしてくれるの、好き……安心する……こんな気分だったの、初めてで……不安だったし……」

「うんうん、大丈夫。すっきりすればおさまるから」

「うん……ちゅ……んむ……」

汐栞は微笑むと、またゆっくりとキスして唇を離す。

二人の唇を、唾液の細い糸が繋いだ。

「……汐栞、動いていい？」

「ん……お、お願い……♪」

汐栞が小さく頷いたので、俺はゆっくりと腰を動かし始めた。上にいる汐栞もそれを助けるように腰を揺らし、結合を深める。

「んぁあぁっ……あ、ぁあぁっ……お、おっきいのが……奥まで拡げてるっ……きもちいいっ……あんっ、あ、あぁあっ……！」

「汐栞のなかも、すごく熱くなってて気持ちいいよ」

「あっ、んんっ……わ、分かんないけどっ……望が気持ちいいなら……うれしいっ……」

「これから毎日、オナニーして待っててもらおうかな」

「そ、そんなのっ……無理ぃ……ぁっ……あんっ……んんっ、あ、あはっ……あぁあっ」

汐栞は自分で動いて、ぺたん、ぺたんと腰を打ち付けてくる。そのたびに、汐栞の柔らかなお腹や太ももも密着するので興奮してしまう。

「俺、この体勢好きだな。いっぱいくっつける」

「私もぉ……んんっ……ぎゅってしながらするの、大好き……んぁっ、あぁあっ……」

そう言うと、またキスしてくる汐栞。

「んんっ……ちゅ、れろ、んふっ……んんんっ……」

キスしたまま、ぺたぺたと腰を動かす汐栞。

膣内からはどんどんと愛液が漏れ出してきていて、抽送がとてもスムーズだ。それでいてしっかりと擦れてる感触もあるので、とても気持ちいい。

汐栞のほうも内壁を擦り上げられて、小刻みに身体を震わせ続けている。

恐らく、敏感になっているから小さな波が何度も来ているのだろう。

「ん……ぷぁ……はぁ、はぁっ……あ、ぁあっ……ぅ、んんんっ、ひぁあぁ……っ」

「俺も……なんか蕩けそう」

「わ、私はもう……蕩けちゃってるから……はむ……ちゅ……れろ……んふっ……んっ、ぁあっ、ひ、ぁあっ……あ、んんんっ……！　ぁあぁっ……き、キス……いっぱいできてうれしい……あ、あんっ……あんんっ……」

喘いではキスし、そしてまた喘いではキスを繰り返す。

「んんっ……あ、ぁあっ……ちゅ、んむっ……んんんっ……」

「んっ……汐栞……」

「んんっ……ちゅ、れる……んふぅ……また……ちょ、ちょっと、イッちゃぅ……！」

またビクビクと全身を震わせて、汐栞が達した。

「あぁあっ……き、きもちいい……んんっ……」

「俺もすごく気持ちいいよ」

そう答えながら、俺は手のひらで汐栞の身体を撫でる。

背中だけじゃなく、わき腹やお尻まで。

「ぁああっ……て、手のひら……あったかい……ひっ、あ、ああっ……ふぁあ……っ」

「汐栞の身体はすべすべで気持ちいいなぁ」

そうして手の届く範囲を撫でた後、また胸を揉む。

「んんっ……ま、またおっぱい……揉んでる……♪」

「汐栞の中でも特に好きな部分だし」

「んんっ……ふぁ……ぁ、ぁあっ……ち、くび……擦れて……」

胸板に擦り付けられる乳首。ぷっくり膨れたそこも敏感になっているらしい。

なので俺は、いつものように指で軽く抓《つま》んだ。

「ひゃぁあぁあああっ……あ、また抓んで……んっ、あ、ぁあっ、それ……しびれちゃう……んんっ、ぁ、ぁあっ……」

膣内が連動して収縮するので、俺は小さな声を上げた。

「あぅっ……ひゃ、ぁああっ……も、もう……どこをどうやっても気持ちいいよぅ……」

「そろそろ……本格的に動くよ？」

「んんっ……わ、分かったぁ……」

俺は汐栞のお尻を掴むと、そのままぐいっと引き寄せ、ペニスを奥まで挿入する。

「んぁぁあぁあっ……！」

すると汐栞が反射的に腰を引くので、また引き寄せる。そうすることで抽送に勢いがつけられた。

「ぁあっ、ひゃ、あぁあっ、さ、ささっ……刺さってるっ……んっ、あ、ぁああっ！」

「締め付けがヤバい……！」

「んんっ、だ、だって、奥っ……とんとんされて……やっ、ああっ、激し、いっ……ぁあぁあっ、あ、ぁあっ、あんぅ、んんっ、ふぁぁっ、あ、あああっ……！」

「愛液、もうおもらししたみたいになってるね」

「ぁああっ、んんんっ、今日……いっぱい出ちゃうの……ふぁぁっ、あぁんっ……と、とまらなかったらどうしよぅ……っ」

「あはは、大丈夫大丈夫」

俺は安心させるために、またキスをする。

「はむ……んっ、ちゅ、れろ……んんっ……ちゅ……」

汐栞は舌を何度も絡めてきて、俺と唾液の交換をする。そうしながらお互いに腰を動かし、敏感な部分を擦り合った。

二人の股間がぶつかるたびに、大量の愛液によるいやらしい水音が部屋に響く。

「んぁあぅ、ひゃ、あぁぁっ、あ、あうっ……んんっ！　ふぁぁぁあっ！」
俺は汐栞の腰を引き寄せたあと、そのまま円を描くように腰を回した。
「あ、あぁぁあっ、お、奥っ……ごりごりされてるっ……ぁあっ……それ好き……んんんっ
あっ、ああっ！　かき回されてっ……」
「こっちも先っぽがコリコリして気持ちいい……」
「ぁあっ、それ、ずっとやったら、イきそうになるからっ、あぁぁああっ！　あうっ、く、
んんんっ……ふぁぁぁあああっ！」
汐栞は俺に回した腕に力を込めて、さらに身体を密着させてくる。
両方の胸は俺の胸板で潰れ、くっついているお腹はずっとヒクヒクと痙攣を続けていた。
「んんっ……ちゅ、ぢゅる……れろ、んっ、ちゅ……んんっ、んふっ……ふぁっ……」
キスを続けながら、俺たちはさらに腰を動かす。
エアコンはつけているが、さすがに夏だ。じっとりと出てきた汗が、密着感をさらに高
めていた。
「んっ、ふぁぁっ、あ、ぁああっ……も、もうっ……ずっと……おなかのなかっ……ごり
ごりされてっ……ふぁぁあぁ、あ、あああっ、またっ……あ、うっ……イクっ……い、イ
きそうっ……！」
「こ、こっちもそろそろヤバイ……！」

「んぁあっ、あ、あぁああっ、んんっ、ひゃ、ああっ、い、いつでも……出してくれていい、からぁっ……」

汐栞はキスだけでなく、俺の頬なんかも舐めながら腰を揺らしてくる。

それに応えつつ、手で腰を引き寄せて、最奥を何度もえぐる。

「ぁあっ、あぁっ、あんっ……んんっ、う、うぁっ、ぁああっ……だ、だめっ……力、入んなくなってきたぁっ……あ、ぁああっ、ふぁぁあっ……！」

「んんっ……俺ももう限界っ……！」

「ぁああっ、い、いっぱいっ……出してっ……！　お腹のなかっ……欲しいっ……んんっ、ふぁぁっ、あ、ぁっ、あ、あうっ、んんんっ！」

「く……で、出るっ……！」

「ふぁぁっ、あ、あ、あ、ああっ！　ぁぁあああぁあああーーーっっ!!」

俺が大量の精を吐き出す。

内部に熱いものが注がれる感触に、汐栞も頂点に達した。

その細い身体をめいっぱい硬直させながら痙攣し、膣内を震わせて精を搾り取ってくる。

「くうっ……！」

「ぁぁぁあっ、あ、ああっ！　せい、えきっ……熱い……っっ……ひぁああ……っ！　すご……んんっ……は、入りきらない……ひっ、あ、あぁぁああっ……」

まだ身体を震わせ続けている汐栞。ぎゅっと俺に抱き着いて、快感の波を耐える。

「んんんーっ……く、ふぁぁっ……あ、ぁあああっ……あうっ……んっ、んんっ……！」

汐栞はぎゅっと俺の身体にしがみついたまま痙攣を続け、波が過ぎ去るのを待った。

「ひっ！　あ、はぁっ……はぁっ……くふっ！　んんんっ……ふは、はぁ……はぁ……っ、はぁーっ……はぁーっ……」

ようやく波が落ち着いてきたらしく、汐栞は放心状態になる。

「ぁ……き、きもち……よかったぁ……♪」

「……満足した？」

「したぁ……♪」

まだ膣内をヒクヒクさせながら、汐栞は微笑む。

内部が収縮すると、締め付けられて行き場を失った精液が隙間から大量に漏れてきた。

「んんっ……ふぁぁ……あ、ぁあっ……はぁ……」

「んんっ、まだ中が震えてる」

「ん……き、きもちいいのが……まだ、残ってるから……あぁっ……だ、だから……んっ、ちょっと待ってね……」

「抜いたらダメ？」

「う、動かしたら、またイッちゃいそうだから……ちょ、ちょっと、今は待って……」

いつもなら動くところだけど、さすがに今日は何度もイッてヘロヘロだろうからやめておく。

「ん……ね、ちゅー……していい……？」

「ん、いいよ」

「んふ……ちゅ、れろ……ちゅ……」

「んっ……」

汐栞は腕に軽く力を入れて身体を寄せつつ、ゆっくりとキスしてきた。

さっきの貪るようなキスとは違い、まったりしてて心地いい。

「はむ……んっ……ちゅ、ちゅぅ……んむ……んふぅ……」

「んんっ……」

そしてしばらくお互いの舌を堪能したあと、唇を離す。

「はぁ……っ。おなかの中に感じながら……ちゅーするの好きぃ……♪」

「うん、きゅんきゅんしてた」

「だ、だって……こんなおっきいの、入ってるんだもん……」

だいぶ落ち着いたらしく、汐栞はなんとか腰を動かした。

「んっ……んゃ……あぁああっ……」

腰を浮かせてずるりとペニスを抜くと、精液がぼたぼたと零れる。

「はっ……はぁっ……はぁ……んんっ……」

そしてまた俺の太ももの上に座り、身体をくっつけると、キスをせがむのだった……。


それから数日後。

二週間のバイト期間はようやく終了し、俺と吉田は駅前に戻ってきた。

「んんんー！　やっとバイト終わったな吉田！」

「いやー、ほんと疲れたぜ……一人だったらヤバかった」

「けど、キツかったからか、給料かなり多めにくれたぞ。こんなにいいのか？」

「ああ、ちゃんとしたバイト代と、お盆の特別出勤分。あとは、真面目に働いてくれたから色つけておいたって」

「いや～ホント助かる。まさかこんなにもらえるとは」

封筒の中にある明細を見たところ、給料は想像以上にあった。短期バイトとしては結構な額だと思う。

「ま、その代わりまたよろしくって言ってたけどな」

「うぐ……まぁお金に困ったらな……さすがにずっと続けるのはムリ」

そう言って俺と吉田は笑い合う。

「んじゃ、俺もそろそろ帰るわ。明日はなぎさと会うんでな」

「おう、なぎさちゃんによろしく」

「はは、そっちも汐栞ちゃんに望の時間取って悪かったって言っておいてくれ」

「了解。じゃあまたな」

そんなわけで、吉田と別れる。

そこへちょうど、スマホに汐栞からメッセージが入る。

「お、きたきた」

ここのところ毎日、バイトが終わって駅についたあたりでお疲れ様メールをくれるのだ。

「んん？」

しかしスマホを確認してみると、チャットには、『熱』とだけ書かれたメッセージが。

「熱？　え、もしかして？」

汐栞のことが気になった俺は、とにかく家路を急いだ。

「はぁ、はぁ……さ、さすがにダッシュはきついな……」

駅前から走ってきた俺は、とりあえずアパートの前で休む。

暑いので、止まると一気に汗が噴き出してきた。

「ふう……あ、あっつい……」

俺は持っていたタオルで汗を拭うと、すぐに部屋へと向かう。

「汐栞⁉」

部屋に入ると、汐栞がソファでぐったりしていた。なので俺はすぐさま駆け寄る。

「汐栞⁉　大丈夫か？」

「う……んん……？」

返事はあるものの、なんだか朦朧としている。俺は汐栞の額に手を当ててみた。

……が、自分の身体も熱いのでよく分からない。

「ええと、体温計体温計……どこだっけ」

俺は部屋のどこかにある体温計を探す。

汐栞がよく使っているけど、どこにしまっているのか……。

「あ、あった。汐栞、体温体温」

「うう～ん……」

ふにゃふにゃの汐栞を動かし、脇に体温計を挟む。

そしてしばらくすると、計測を終えた電子音が聞こえたので、体温計を取り出す。

「三十九度!?　すごい熱あるじゃんか！　ぼんやりしてる場合じゃなかった！」

俺は汐栞の身体を抱え上げると、そのままベッドに寝かせる。

「さすがにタオルケット一枚じゃダメかな……もう一枚出してかけておこう」

俺はクローゼットを開けると、洗濯したときの予備で置いてあるものを出して、汐栞の身体にかける。

これならクーラーで部屋を冷やしてても大丈夫だろう。

さすがに部屋は冷やさないと、今度は熱中症になりそうだし。

「あとは……そうか、おでこ冷やさなきゃ」

俺はタオルと水を入れた洗面器を持ってくると、その中に保冷剤を放り込む。

そして冷えた水にタオルをつけて固く絞ると……それを汐栞のおでこに載せた。

「んぁ……つめたい……ふぇ、望……？」

「汐栞、大丈夫か？」

「んん……あ、あんまり……大丈夫くない……」

「きゅ、救急車呼ぼうか？」

「お、大袈裟だよぅ……」

「どんな感じ？」

「さ、寒気がするのと……関節が痛いのと……身体中だるい……」

「それは完全に風邪だな……分かった、とりあえず薬飲んで休んで」

さっき体温計を探したとき、同じところに常備の風邪薬があった。

俺はコップの水と一緒に渡す。

「……何も食べないで飲むのは良くないけど……でも、とりあえずは飲んどかなきゃ」

「うん……」

汐栞は少し身を起こすと、薬を飲む。

「晩ごはん……用意できてなくてごめんね……」

「そんなのいいって。ほら、横になって」

「ん……ごめん……じゃないや……ありがと」

「うん、何も気にしなくていいから、ゆっくり休んで」

「んん……」

汐栞は小さく頷くと、そのまますぐに寝入ってしまった。俺はまた布団をかけ、額に冷えたタオルを載せる。

「ふう……と、とりあえずはおおごとじゃなくて良かった……あんまり良くないけど」

俺は少しだけ胸を撫で下ろす。

「とりあえず今は大丈夫っぽいし、今のうちにちょっとドラッグストアでも行こう」

風邪薬やゼリー飲料など、あったほうが良さそうなものを買ってこなければ。


カーテンの隙間から差し込む朝の光で俺は目を覚ました。

「ん……ふぁあ……」

昨日は汐栞の看病をしていて、そのままベッドの横に座り込んだまま寝てしまった。

「変な姿勢で寝たから身体がバキバキだ……」

俺は立ち上がると、大きく伸びをして身体をほぐす。

そうしていると、寝ている汐栞がもぞもぞと動いた。

「うぅん……望……？」

「あ、ごめん。起こしちゃったか。それより具合はどう？」

俺はベッドに座ると、汐栞の額に手を伸ばす。

「ん……だいぶマシになった、かな……？　昨日はほんと起きてられなかったけど」

「ほんとだ、熱もだいぶ下がってる感じ」

俺は手をどけると、体温計を差し出す。汐栞はそれを脇に挟んだ。

「ええと、何か食べられる？」

「うん、少し食べたい……おなかすいた」

「食欲があるなら大丈夫そうだ」

話していると、体温計の計測終了の音が鳴る。

「三十七.八」

「まだ熱があるなぁ。今日は大人しく寝てなきゃな」

「うん……ごめんね」

汐栞はまた横になると、口のあたりまで布団をかぶる。

「望にばっかり働いてもらっちゃってるから、お掃除とか頑張ってたんだけど、ちょっと根を詰めすぎちゃったかなぁ……」

はぁ、とため息をつく汐栞。

ここ二週間、ごはんに掃除洗濯と……家のことはほんと任せっきりだった。

汐栞のことだから、自分だけのんびりしてるわけにはいかないと思って、一日中何か用事をしていたのだろう。

それで少し疲れが出てしまったのかもしれない。

「気にしないでいいって言ったのに……でも、ホントありがとう。毎日お弁当も作ってくれたし」

「えへへ……でも、こんなになっちゃったら台無しだなぁ……」

しょんぼりした声で言う汐栞。なので俺は、そっと頭を撫でてあげる。

「ま、風邪引いちゃったもんはしょうがないし、今はしっかり治そう」

俺はそう言って汐栞の頭を撫でると、おかゆを作りにキッチンへ向かうのだった。


食事を終えて薬を飲んだ汐栞は、また眠った。

洗い物を終えてやることがない俺は、とりあえず隣で看病を続ける。

そのうちに俺もベッドの縁に突っ伏して寝てしまって、次に目を覚ますと、もうお昼過ぎになっていた。

「ん……俺も寝ちゃってたか……」

俺は目を擦ると、あくびと一緒に伸びをする。

「ぅうぅ～～……望ぅぅ……」

「お、汐栞も起きてたのか。どうかした？」

「はぅぅ……暑いよぅ」

「暑いって……でもエアコン強くするわけにもいかないしなぁ」

「汗すごい……べとべと……」

「そのままじゃマズイし、とりあえず拭いて着替えよう」

「えっ」

「えっ、ってなんだ。そのままだと風邪が悪くなっちゃうぞ」

俺は立ち上がると、クローゼットから汐栞の着替えを取り出す。

そして洗面所からよく絞った濡れタオルを持ってきた。

「ほら、拭いてあげるから起きて」

「えええぇ」

「いいからいいから」

汐栞は少しためらいながらもパジャマを脱いで、背中をこちらに向けた。

白い肌のあまりのきれいさに俺は少し見とれてしまう。

「な、なんで黙るのよぅ」

「いや、汐栞は背中もきれいだな～って」

「そ、そういうのいいからぁ」

「じゃ、失礼して」

俺は濡れタオルを背中にくっつける。

「ひゃ、つめたい……っ」

そのまま、俺は優しく身体を拭いていく。

「ぅぅ……汗くさくない……？　髪もぼさぼさだし……ぅぅぅ」

「汗くさくなんてないよ。まぁ汐栞のなら平気だけど」

背中やわき腹、そしてお尻のほうまできれいにしていく。

「そ、そんな下まで拭かなくても……！」

「でも、さっぱりするでしょ？」

「それはそう、だけどぉ……」

今度は腕を、そして腋をきれいにする。

「ほい、じゃあ前も」

「ま、前⁉　いい、いい！」

「それは許可なのか拒否なのか」

「拒否！　拒否ですー！」

汐栞は胸を隠したまま、こっちを向こうとはしない。

「どうして。べつに減るもんじゃないし」

「だって、は、恥ずかしいし……」

「……えっちのとき、いつも見てるのに？」

「えっちのときもね⁉　すっごい恥ずかしいんだよ⁉」

汐栞はそう言いながら背中を丸める。どうやら断固拒否のようだ。

まぁ相手は病人だし、さすがにここで無理矢理しても仕方ない。

「もう、ばかぁ」

それに早く済ませないと、クーラーもついてるので汐栞の身体が冷えてしまう。風邪引いてるのにそれは良くない。

「じゃ、はい、タオル」

俺は一緒に持ってきた洗面器でタオルをすすぐと、固く絞って手渡した。

「うん、ありがと」

タオルを受け取った汐栞。

「こ、こっち側に来ちゃダメだよ」

そう言うと、胸を隠していた手を動かし、身体の前面を拭いていく。

(背中のほうから見てでもすごいエロいな……)

こう、もっちりしたお尻とか、背筋のラインとか……。

あと、背中側から見ても零れて見える横乳がすばらしい。

「な、なんだかえっちな視線を感じるよぅ……」

「いやいや、そりゃ汐栞の裸が目の前にあるんだし、えっちな視線にもなるって」

「はぅぅ……」

「病人を押し倒したりしないから安心して。ほら、早く拭いて着替えないと」

「うん……」

汐栞は大人しく従うと、身体をきれいに拭く。そしてタオルを受け取って、もう一度背中を俺が拭く。

「はぁ……きもちい……」

「……少しはさっぱりした？」

「うん……ホントはお風呂入りたいけど……」

「それはちゃんと熱が下がってから」

「はぁい……」

「よし、これで終わり」

背中を拭き終わると、汐栞は用意した着替えを身に着けた。

身体を拭いたあとは、朝の残りのおかゆを昼食にし……そのあと、汐栞は薬を飲んで、またベッドに横になる。

「風邪には寝るのが一番」

俺は言いながらまた布団をかける。昨日は寒気がするって言ってたから夏布団の上から毛布もかけたが、今はもういらないだろう。

「これなら暑くない？」

「うん、ちょうどいい感じ」

「俺も近くにいるから、ゆっくり眠るといいよ」

「いっぱい寝たから……眠れるかなぁ」

「ははは、風邪あるあるだな」

笑うと、汐栞は布団で口元を隠しながら、俺のことを見つめてくる。

「ね……手、繋いでもらってていい？　そしたら、眠れると思う」

「うん、分かった」

汐栞が布団の横から手を出してきたので、俺はそれを両手で握った。

「えへへ……♪」

うれしそうに微笑む汐栞。

そして、さっき飲んだ薬が効いてきたのか、しばらくすると寝息を立て始めた——。

第三章　夏休み満喫！

それから汐栞の風邪は順調に快方に向かい、二日後にはもうすっかり元気になっていた。

「うん、もう動いても大丈夫」

汐栞は元気もりもりのポーズを取って笑う。

「もう薬も飲まなくて大丈夫？」

「熱もないし、身体も全然だるくないし、食欲もあるから大丈夫」

さすがに若さが取り柄。治りは早い。

「うん、早く良くなって良かったよ」

「完全復活～」

そう言いながら、汐栞はまた同じポーズをとる。

「そして、たいへんご迷惑をおかけしました」

今度は深々と頭を下げる汐栞。

「いやいや、それはいいから。もう『私が～』とか『役立たず～』とか言うのナシ」

「うん……ありがとね」

汐栞はソファの俺の隣に座ってくる。

「さて、貴重な夏休みを無駄にしちゃったし、これから満喫しないとね」

「そうだなぁ。でもまだまだ休みはいっぱいあるし、焦ることないよ。汐栞も元気になったとはいえ、病み上がりなんだし」

「……やっぱり優しいなぁ」

汐栞はそう言って微笑むと、身体をもぞもぞとくっつけてくる。

「いや、さすがに俺ももう少し休みたいし」

「バイト、頑張ってたもんね。でもいいの？　お給料の半分も家の貯金にするって」

「もともとそのつもりだったし。半分は夏を満喫する資金。もう半分は貯金って。まぁ、満喫するぶんも残ったら貯金に回すけど」

「自分のお小遣いにしなくていいの？」

「うーん、お金は汐栞が管理したほうが絶対にしっかりしてるしなぁ。俺が少し欲しいってときに、お小遣い出してくれればいいよ。もちろん汐栞も使ってくれてもいい」

「なんだか悪い気が……まぁいいか。『私が～』とかはもうナシ、だったね」

「そうそう。俺がいいって言ってるからいいのだ」

「うん、じゃあそうするね♪」

汐栞は俺に寄り掛かったまま微笑む。

さっきから二の腕におっぱいが押し付けられてて心地いい。

「ま、今日はとりあえずゆっくりのんびりしよう」

「じゃあ今日はこうやってくっついてる。ずっとバイトで一緒にいる時間少なかったし」

「うん、どうぞどうぞ」

そう言って俺たちは見つめ合って微笑む。

「ってか、そろそろ本格的に夏の予定立てなきゃな」

「そうだね〜、何しようか」

二人とも、あれこれして遊ぼうとは思っていたけど、具体的に何をするかをまったく考えていなかった。

なので、いざ決めようとすると、すぐ思い浮かばない。

「っていうか、夏休みに一緒に遊ぶなんていつ以来？」

「う〜ん……小さいときはよく公園とか行ってたよね。あと、あの……家庭用の小さいプールで遊んだり」

「……そんな小さいときまで戻る？」

「少なくとも、私が一人暮らし始めてからは全然遊んでないよね」

「そうだったか〜。じゃあなおさら楽しまないとな〜」

「そうだね♪」

にこにこと微笑みながら俺の身体にくっついてくる汐栞。

いやいや、イチャイチャするだけじゃなくて具体的な案を出さねば。

「夏と言えばやっぱり泳ぎに行きたい……というより、汐栞の水着が見たいよな」

「ええええ」

水着と言った途端、汐栞は顔を赤らめながら俺から離れる。

「み、水着……水着かぁ……うぅ……恥ずかしいなぁ」

「あ〜、でも汐栞は暑いの苦手って言ってたし、外はツライか〜」

「暑いのは苦手だけど、水辺なら大丈夫だと思うよ」

「ホントに？　じゃあ海に行く⁉」

「う、海かぁ……海……」

汐栞は思案顔でちょっと渋る。どちらかといえばインドア派っぽいし、海は少し苦手意識があるのかもしれない。

「海より……プールのほうがいいな。ほら、電車で三十分ぐらいのところに、レジャープールがあるじゃない」

「あー！　あるある！　そういや俺もあそこ行ったことないし、そのプールにしよう！」

「うん、じゃ、いつにしよう？」

「ん〜……お盆も過ぎたから多少は人も減ってるかな……八月二十日あたり？」

「うん、いいよ♪」

「よーし決まり！　汐栞とプールとか初めてだ」

「ふふ、ちょっと恥ずかしいけど、楽しみ」

「俺も俺も」

「あ、そうだったそうだった」

そう言って、何かを思い出した汐栞が席を立つ。

戻ってきた彼女の手には、何やら一枚のチラシが持たれていた。

「望がバイト中に入ってたの。見て見て」

チラシには夏祭り花火大会と大きく書かれており、カラフルな花火のイラストが印刷されていた。

「あ、毎年やってる花火大会かぁ」

「うん、神社でお祭りもやるし、一緒に行きたいなって♪」

「もちろん！　えっと、これは八月二十五日か。なんだなんだ、盛りだくさんじゃないか」

「好きな人と花火見に行くの、ちょっと夢だったし、楽しみ～」

「吉田とは見に行ったことあるけどな～」

「私もなぎさちゃんと一緒に行ったことはあるけど、やっぱり好きな人と一緒っていうの、体験してみたい」

「これから毎年体験できるよ」

「そうだね♪」

「あ、それから……九月の上旬に、汐栞と旅行に行こうかと思ってるんだけど」

「旅行⁉」

「うん、バイトはそもそものためだったんだ。どうかな？」

「うんうん行く！　すっごくうれしい！」

汐栞は目を輝かせて喜ぶ。

こんなに反応してくれるとは思ってなかったので、こっちもうれしい。

「はぁ〜〜……二人で旅行かぁ……いいなぁ……♪」

汐栞は虚空を眺めて思いを馳せながら表情を緩ませる。

「シルバーウィークだと人がたくさんだろうから、そこは外したほうがいいと思う」

「私たちは九月いっぱい休みだもんね。それで、どこ行くかもう決めてあるの？」

「まだちゃんとは決めてないけど、汐栞が前に、行ってみたいって言ってた感じの田舎と、あとは温泉にしようかなって」

「温泉……！」

「ま、夏なんでお風呂はちょっと暑いけど、逆に人がそれなりに少なそうだし。他に行くとしても、もう今日明日くらいで決めないと宿が取れなさそうなんだ。汐栞が他に何か希望あったりするなら別のにするけど……」

「温泉！　温泉でいいと思います！」

「ホントにいいの？」

「うん、旅行なんて全然考えてなかったから、行けるだけでホントうれしい！」

汐栞はそう言うと、急に俺の身体に抱き着いてきて、胸板に顔を擦り付けてきた。

「バイトに看病に、旅行のことまで……何から何までありがとう……大好き……♪」

満面の笑みで面と向かって言われた俺は、さすがに照れる。

「ま、まぁ……汐栞のためなら」

「うん、ありがとう……！」

そんなこんなで、このあとは立てた予定の詳細を詰めていくことにしたのだった。


それから数日後……今日は汐栞とプールへお出かけの日。

朝から準備をして、電車で三十分ぐらいのレジャープールへと向かった。

着替え終わった俺は、待ち合わせ場所に指定していたところで佇んで、あたりを眺める。

見える範囲にかなり人がいるので、なかなか盛況のようだ。

「すごいな、すし詰めってほどじゃないけど、それでもにぎやかだ」

お盆を過ぎたとはいえまだまだ暑い。海だとクラゲ被害なんかが出始める時期だけど、プールだとそういう心配もないから人が増えるんだろう。

それにスライダーや流れるプールなど色々あるから子どもたちにも大人気だ。

「夏と言えばどちらかというと海派だったけど、これはプールもいいなぁ。各種スパも併設されてるとくれば、プール派に寝返るまである」

そんなことを考えてうんうんと頷く。

「というか、汐栞はまだかな……やっぱ女の子は着替えに時間かかるだろうしな」

呟いたところ、タイミングよく汐栞が建物から出てきた。そして俺を見つけると、小走りで駆け寄ってくる。

「望、おまたせ」

汐栞はそういうと、少し恥ずかしそうにしながらも、肩にかけたバスタオルを外した。

「…………‼」

そのあまりの可愛らしさに、俺は言葉を失う。

「つっ……ど、どう……かな、水着……？」

「…………！」

「も、もう！　何か言ってよぉ～！」

「はっ、つ、ついつい……可愛すぎて見入ってしまった。ごめんごめん」

「ぅぅ……や、やっぱりおなか恥ずかしい……」

汐栞は赤くなりながらお腹を両手で隠す。

「いや～、なるほどビキニか～。可愛いデザインだしすっごく似合ってるよ」

「そ、そう……かな。えへへ……」

褒められて、汐栞は照れながら微笑んだ。でも片手でお腹は隠したままだ。

「なんでおなか隠すの？」

「だ、だって、おなかなんて普通見せないし……」

「まぁまぁ。ここじゃみんなそんな恰好だし、気にしない気にしない」

「そ、そうだよね」

思い切った汐栞は隠すのをやめる。なので俺は改めて汐栞の格好をまじまじと見た。

「う～ん……清純さと可愛らしさを兼ね備えた見事なチョイス……」

「ま、また見てる～」

「見る！　そりゃあ見る！　スマホ持ってくれば良かった！」

「しゃ、写真はだめだってば」

「いや、冗談はさておき、ほんとプール誘って良かった」

「初めて来たけど、結構楽しそうなトコだね～」

広々とした敷地にウォータースライダーがいくつか。他にも色々とプールの種類もある。

「汐栞の水着でもテンション上がるし、スライダーもすっごい楽しそうだ！」

「ふふ、なんか珍しくはしゃいでるね」

「こういうところ来たら、ちゃんと楽しまないとな」

そう言ってプールのほうに行こうとしたら、汐栞に腕を掴まれた。

「待って、ちゃんと準備運動」

「あ、そうか」

俺たちは邪魔にならないところに移動して、そこで少し身体をほぐす。

「はい、いっちに、いっちに」

「…………」

汐栞が身体を伸ばす運動をするが、そのたびに大きな胸が弾む。

それに俺は目を奪われる。

「どうしたの？」

「いえ！　なんでもありません！」

俺は誤魔化すと、一緒に体操を行う。

さすがに『揺れてる』とか言ったら、恥ずかしがって引っ込んでしまうかもしれない。

(汐栞も楽しめなきゃ意味ないもんな)

もっとよく見たいところではあったが、俺はあまり視線をそこにやらないようにした。

そしてさりげなく、他の男性から汐栞があまり見えないよう位置取りを変える。

「……準備運動はそろそろいいんじゃないか？」

「そうだね。じゃ、早速行ってみよ♪」

俺たちは近くの大プールでしばらく身体を慣らしたあと、一番大きくて長いウォーター
スライダーへと向かった。

天辺《てっぺん》への階段をあがって展望台みたいな広い場所に出る。

「あ、ここから全部滑れるんだね」

「なるほど、入るところが別なだけなんだ」

「えーと……とりあえず近くのこれから行く？」

「よっしゃ、どんと来い！」

俺と汐栞はとりあえず順番待ちに並ぶ。

人は多いが、次々と滑っていくので、俺たちの番はすぐに回ってきた。

「わ、も、もう順番来ちゃった」

「ほら、もたもたしてるとうしろがつかえるから」

「そ、そうだね」

さっき、前の二人組が一緒に滑っていったし、俺たちもそうすることになった。

「よし……行くぞ」

「うん！」

俺は汐栞の身体を後ろから抱くと、係員さんの合図を待ち、一緒に滑り出す。

「ひゃあああああああ！」

「うわああああああ!?」

滑り出してすぐ、結構なスピードが出始めたので、俺たちは悲鳴を上げる。

「すっごい滑ってる！　わ、ま、曲が、曲がる曲がる！」

「おおおっ、ちょ、は、速くない⁉」

「あはははは！　すごいすごい！」

「おわああああ！　マジやばい！」

こっちは汐栞で前が見づらいのでどういう向きに行くかが分からず、結構コワイ。

汐栞はというと、もう順応したのか、楽しそうに笑っていた。

「カーブで身体めっちゃ横になってる！」

「ちょ、む、胸、胸つかんじゃだめー！」

「ご、ごめんー！」

そんなことをしているうちに、最後の直線に差し掛かった。

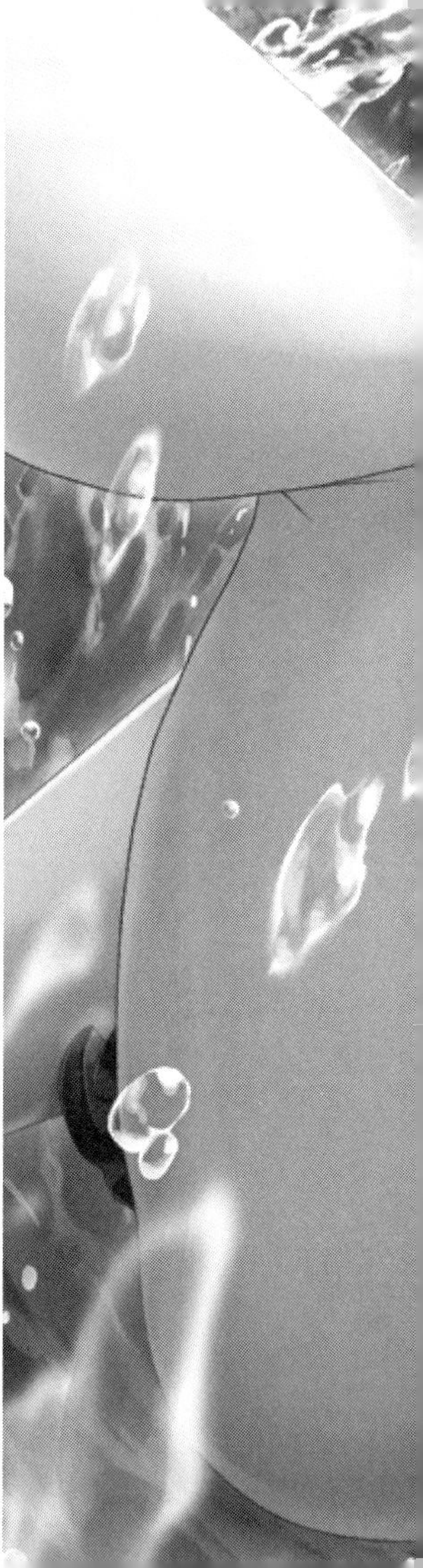

「ひゃーーー！」

「おおおお！」

勢いよく直線を滑り、最後はプールに二人とも突っ込む。

俺たちはそのままプールサイドに上がり、濡れた顔を手で拭う。

「ふふっ……」

「ふっ……」

「あはははは！」

そして俺たちは一緒に笑った。本当に面白かったので、感想より先に笑いが出てくる。

「はー、ドキドキだったね～！　すごい面白かった～！」

「いや～……ウォータースライダー、ナメてたわ……めっちゃ楽しい」

「うんうん！　私も、こんなだとは思わなかった！」

いつになく汐栞のテンションが高い。いつもはインドアな感じで大人しいのに。

「ね、もう一回、もう一回！」

「一回と言わず、何回でもいいぞ」

「やったぁ！　じゃ、行こ、望！」

汐栞は俺の手を握ると、また上に急ぐのだった。

そして、テンションが上がりきってしまった俺たちは、そのまま立て続けにスライダーを滑りまくった。

だいたい十回ぐらい滑ったあたりで、さすがに二人とも息が切れて疲れが見えてきた。

「はぁ……はぁ……汐栞、大丈夫？　これ……た、楽しいけど……地味に疲れる……！」

「はしゃいでるのもあるけど……はぁ、はぁ……上まで階段でのぼるのが……」

「うん……結構足にきてる……テンション上げ過ぎて、ペース配分を間違えたか……」

「望、とりあえず休憩にして……そのあとはゆっくり楽しもう？」

「そうしよう」

そのあとは昼過ぎまでフードコートで休憩したあと、レンタルした浮き輪で流れるプールなどをのんびり堪能した。

そしてさすがに疲れたし、身体も結構冷えたしということで、少し早めに家路についたのだった。


「は〜、やっと帰ってきた〜」

「結構疲れたけど、楽しかったね〜♪」

「うん、これならこの夏の間にもう一回行くのもアリだな〜」

「そうだね～」

そんな話をしながら、持って行った荷物なんかを片付ける。

「しかし、だいぶ水に浸かってたせいか、歩いて帰ってきてもちょっと冷えるなぁ」

「私も。また風邪引いたら迷惑かけちゃうし、お風呂入る？」

お風呂という言葉を聞いて俺は少し黙って考え込む。すると汐栞が顔を覗き込んできた。

「……どしたの？」

「……そのお風呂は、『一緒に』ということでよろしいでしょうか……！」

「ふえ⁉ あ、えと、そっ……それは……」

急に出た提案に、汐栞は顔を赤くしながらモジモジする。

「ぅぅ……い、一緒に入ると……たぶん、えっち……しちゃうだろうし……」

「というか、それが望みだったりするのですが」

「はぅ、やっぱり～」

汐栞は困惑顔のまま苦笑いする。

モジモジの仕方が、明らかな拒否ではなく、自分もそうしたいけど恥ずかしい、という感じになっている。

なので押せばいけると俺は思った。

「というか……ほら、さ、最近はまたご無沙汰だったし……あんまりガマンできないっていうか……実を言うと、風邪で身体拭いてたときも、今日の水着も、結構ヤバかった」

「……そ、そう、だったんだね……」

「ということで、せっかくだし水着でお風呂に‼」

「えええ⁉」

俺の申し出に、さすがに驚く汐栞。視線をあちこちに動かしながら思案する。

「ん……い、いいよ」

そして最後は少し上目遣いでこちらのことを見つめながら、小さく頷いてくれた。

「私も……ご無沙汰なのは一緒だし……」

「やったあ‼」

俺が飛び上がりそうなほど喜ぶのを見て、汐栞がまた照れる。

「じゃ、じゃあ、私は……着替えるから、望はお風呂入れて、そっちで待ってて」

「了解しました！」

俺はビシッと敬礼すると、先に浴室へと向かった。


浴室でぬるめのお湯を張りながら待っていると、ドアから汐栞がひょこっと顔を出す。

「……望？」

そう言ってから、ゆっくりと浴室に入ってきた。ちゃんと水着姿だ。

「な、なんだか、こういうところだと恥ずかしいね」

「うおおおーっ！　水着！」

「もう、さっきさんざん見たでしょ？」

「いやいや、こういうところだと違うんだって」

同じ言葉を返すと、汐栞が笑う。

「いや～……しかしいいなぁ汐栞の水着。すばらしい……」

「褒めすぎだってぇ……」

「いやいや、汐栞はほんとすばらしい、最高」

「も、もう、それはいいから」

「それよりも……その、するんでしょ……？」

「おっと、そうだったそうだった」

「あっ……えっと……えっちする前に……キス、してほしいな……♪」

「うん、それ大切」

俺は水着姿の汐栞を抱き締める。すると、ブラに包まれた胸がぎゅっと押し当てられた。

「やっぱり水着だと見え方が違うなぁ」

「うぅ……おっぱいしか見てない……」

「いや、本体の汐栞あってこそのおっぱいだよ。ホントだよ」

「そういうことにしてあげる」

汐栞は笑うと、少し顎を上げながら目を閉じた。なので俺はそのままキスをする。

「んっ……ちゅ、れろ……んふ……ちゅ、んぅ……ん、ちゅ、んふ……」

ねっとりとキスをしているうちに、なんだか気分も盛り上がってくる。

「それで……えと、どういうふうにするの……？」

「今日はせっかくだからこのローションを使って、おっぱいでしてもらおうかなって」

「またおっぱいの話……」

「いやいやいや！　汐栞は立派なの持ってるんだから、ぜひともやってもらいたい！」

「胸でって……どうするの？」

「見たことない？　おっぱいで挟むやつ」

「あ……！　あれ……！」

思い出したようで、汐栞は顔を赤くする。

「……お願いできる？」

「まぁ……えっちするって言っちゃったからね。してあげる……♪」

「やった！」

ということで、俺は汐栞にローションを手渡した。

お湯でローションを溶いて、それを汐栞の胸元に垂らす。

そして汐栞はぬるぬるになった胸の谷間に俺のモノを迎え入れた。

「うおお……っ」

「ふゃぁあぁ……っ」

おっぱいの間に俺のモノがにゅるんと滑り込む。ローションは滑りすぎず薄すぎず、絶妙の混ぜ具合だ。

「うぁ……ほ、ほんとに、おっぱいの間に……あ、熱くて……ヒクヒクしてる……」

「うん……汐栞のおっぱい、気持ちいい……」

正直いって、こうやって包まれた温かさだけでイッてしまえそうなくらいだ。

しかしここで満足するわけにはいかない。

「えと……どうすればいいのかな……これ？」

「ええと……まず両胸を寄せて圧迫してくれれば……」

「……こう、かな……？」

左右からの圧迫感が増し、まるで膣内に入れているような錯覚さえ覚える。

「わ……またビクビクして……気持ちいいの？」

「もちろん」

「そっかぁ……えへへ」

気持ち良くさせているのがうれしいのか、汐栞は恥ずかしがりながらも微笑む。

「あとは、そうやって挟み込みながら、汐栞の好きなように動いてくれれば……」

「ん、や、やってみる……！」

汐栞はぎゅっと胸を寄せると、それを軽く左右に揺らし始めた。

「おおっ……スライドして……んんっ……柔らかいおっぱいが擦れてヤバイ……！」

ちょっとだけ飛び出している亀頭が、両方の谷間に当たるのが気持ちいい。

それに、この視覚効果……大きなおっぱいが形を変えて俺のモノを挟んでいる。この見た目だけで射精してしまいそうだ。

「んんっ……これ、なかなか難しい……ちゃんと気持ち良くできてる……？」

「うん、バッチリ」

「じゃ……もっとしてみるから、私のおっぱい、堪能してね」

「言われなくとも」

「んんっ……こうやって……にゅるにゅる擦って……」

「おおっ……」

今度は身体を左右に揺らして、包んでいる表面を回転させるように擦ってくる。

「うぁ……ふわふわで柔らかい……」

「こうやって……なるほど、マッサージみたいな感覚……」

汐栞は一人で呟くと、少しこちらに体重をかけてくる。そうすることで、胸の間……胸板の柔らかい部分も使って圧迫することができるのだ。

そして身体を使って滑らせているうちに、片方の乳首がぷるんと出てしまう。

「ひゃぁあ！　で、出ちゃった……」

「んっ……そういうのいいよいいよー！」

「こうやって滑らせてると、やっぱりはみでちゃうよ～」

「いやいや、そこがいいんだ。ほら、もっとお願い」

「分かった……」

汐栞はさらに身体を使って、ペニスを扱《しご》いてくる。

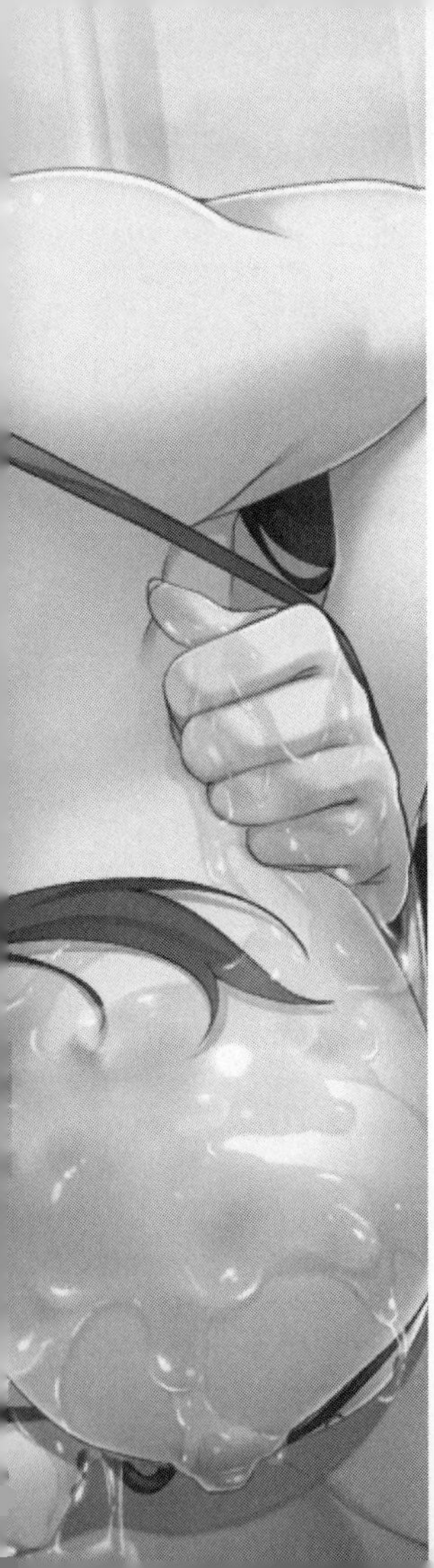

圧迫したままの状態で、ゆっくりと前後運動。谷間から俺の亀頭が何度も見え隠れする。実にオーソドックスというか、基本的なパイズリ。

「んんっ……よいしょっと……」

汐栞は俺の股のところに両方の乳房をたぷんと乗せる。

重さと体温が伝わってきて、それだけでヤバイ。

「これで重たくない……そして、揉みながら……」

「おおっ……」

「んんっ……はっ……ふぁぁっ……」

自分で胸を揉むように圧迫させながら、両方の乳房を持ち上げたり下ろしたり。

音とその大きさの迫力も相まって、倍気持ちいい。

「はぁっ……ぁ、んんっ……やだ、これ私も……」

「気持ちいい？」

「だって、自分でおっぱい揉んでるみたいなものだから……んぅっ……ぁっ……それに、ここからえっちなニオイするから……なんだか……んんっ……ふぁ……」

汐栞は鼻がかった喘ぎ声を漏らしながら、懸命に胸で奉仕してくれる。

「……コレ……すごく熱くなってる……んんっ……それに硬くて……ビクビク……」

谷間にあるモノを見ながら、胸を揺らす汐栞。

「男の子はこういうの好きなんだなぁ……」

「うん、大好き」

「なんだかいつもより硬くて大きい気もするし……」

「そりゃあ、好きな人にこうしてもらえるなら……」

「それは……なんだかちょっと分かる気がする」

汐栞はそう言って微笑むと、さらに胸を揺らしてペニスを扱いてきた。

「んんっ……汐栞の胸、マシュマロみたいだ」

「こういうことできるなら、おっきくて良かったかなって。さすがに恥ずかしいけどね」

苦笑いする汐栞。そうしながら、身体を少し引く。

「ん……先っぽ、えっちなお汁出てるね……ちゃんと気持ちいいんだ……」

「だからそう言ってるじゃない」

「ん……舌、届きそう……」

少しだけ覗いている亀頭に、なんとか舌を伸ばす汐栞。

「んっ……んれ……れろ……」

汐栞の舌先が尿道口を弄って、先走りを舐め取った。

それだけじゃなく、そのまま敏感な部分にチロチロと舌を伸ばし続ける。

「うぁ……そ、それっ……」

「んっ……れろ……れろ……れりゅ……んぇ……れろ……れろ……んっ……ふは……ぁ、ああっ……」

ねっとりとした肉厚の舌が亀頭に載せられ、そこで左右などにゆっくり動く。

おまけに乳房の圧迫も加わって、俺のモノは何度も痙攣を繰り返した。

「んぇ……れろ……れろ……れりゅ……」

汐栞は目を細めてうっとりした様子で尿道を舐め続ける。

そうしながらも、身体を揺らして乳房で俺のモノをちゃんと扱いてきた。

「んぇ……きもちいい……？」

「うん、すごくいい……！」

「いつでも出してくれていいからねぇ……れろ……にゅる……ぇれ……んんっ……」

ブラからはみ出た乳首が俺の身体に当たる。

そこはもう硬くぷっくり膨れているので、汐栞も気持ちいいだろう。

「んんっ……ふぁ……ぁ、ぁっ……れろ……んりゅ……」

この、舌を大きく出して動かしているのがすごくいやらしい。

尿道への鋭い刺激も相まって、このまま出してしまいたい衝動に駆られる。

「ふふっ……またびくしてる……んんっ、あ、はぁっ……あんっ……」

胸を揺らすため、汐栞も気持ちいいようだ。

甘い吐息が俺の亀頭に当たるので、さらに射精感が込み上げてくる。

「んっ……しょっ……はふっ……んんっ……ふぁぁっ……あ、ぁあっ……だ、だいぶ擦ってるけど……どう……？」

「正直ヤバイ……！　もう出そう……！」

「んぇ……れろれろれろ……っ」

汐栞はさらに舌先を固くして、俺の尿道口を責めてきた。そして乳房による圧迫も行う。

「くっ……で、出る……！」

「んぇぁ……ひゃ、あ、あぁぁあああっ!?」

挟み込んでいるペニスから、熱い精液が一気に迸る。

「ひゃ、あ、あぁぁあっ！　で、出てっ……あ、ああっ……んんっ、おっぱいの間ですごい震えてるっ……ひゃ、あぁああっ！」

ペニスは乳房の圧迫の中で何度も脈動し、精液を外に放出した。

それは先端から勢いよく飛び出し、すぐ上にある汐栞の顔へと付着していく。

「んんっ……！　や、あ、い、いっぱい飛んでくるっ……」

汐栞はきゅっと目を閉じて、それをなんとかやりすごした。

そしてようやくペニスの脈動が収まると、汐栞が片目を開ける。

「……お、おさまった……？」

胸元のペニスからは何も出てないのを確認すると、汐栞はふうと息を吐く。

「ご、ごめん、顔にめっちゃかかった」

「ふええ〜……顔、重いよぅ……」

そうやって喋ると、口の中にまで精液が垂れてくる。

「んぇ……苦いし……それに独特のニオイ……まぁ……このニオイはあんまりイヤじゃないけど……」

「汐栞は匂いフェチになってきたもんな」

「な、なってないもんー！」

可愛らしく文句を言ってくる汐栞。

「はいはい。それじゃ今度は、汐栞のこと気持ち良くしてあげなきゃな」

「ふぇっ⁉　あ、え、えっと……」

狼狽する汐栞を後ろから抱えると、そのまま浴槽のふちに座る。

「ひゃああっ⁉」

背後から胸を揉み、乳首を引っ張る。そして水着の上からクリトリスを転がした。

「んぁっ……ひゃ、あ……ちょ、ちょっと待って、そんなに急がなくても……」

「いやいや、汐栞が胸で頑張ってくれたから、早くお返ししたいんだ」

「焦ることないから……ぁぁっ！　んふっ……ふゃ……ぁ、あぁんっ……」

乳首とクリトリスを弄《いじ》られ、汐栞が甘い声を漏らす。

「汐栞の濡れた髪のニオイ好き」

「ええっ、ひゃ、あ、恥ずかしいってばぁ……あんっ、んんっ……あうっ……りょ、両方一緒に弄るの……んぁ……だめなの……んんっ……」

俺に抱えられた状態で、何度も身体を震わせる汐栞。

最近はちょっとしたことでも反応が良くなってて本当に可愛い。

「んぁっ……ひゃ、ぁあっ……あぅ、んんっ……」

「さっきから内股がヒクヒクしてるよ？」

「だ、だって、クリ……弄るから……ぁっ……そこ……前より敏感に……」

「それはいいことを聞いた」

俺は汐栞のパンツのほうに指をかけると、その股間部分を横にずらす。

そして、剥き出しになった割れ目をなぞり、クリトリスに直接触れた。

「ひぁぁあ……っっ！」

それだけで、汐栞の股間がビクンと反応する。

腰が前に軽く動き、顔をのぞかせている俺のモノを割れ目で擦り上げる。

「ひぁ……ちょ、直接触ると……んぅぅぅっ！　だ、だめっ……ビクッってしちゃう……んぁあ……」

「そういうの、えっちでいいと思う」

「の、望はすぐそれなんだからぁ……！　あ、ああ、あんっ……やだ、クリクリするの、だめっ……」

「すごく濡れてきた……もう挿れてもいい？」

「ん……うん……」

汐栞は恥ずかしそうに視線を泳がせると、小さく頷く。

なので俺は彼女の身体を少し持ち上げて、ペニスを割れ目にあてがった。

そのままゆっくりと身体を下ろして挿入していく。

「んぁ、あぁ、あぁぁあぁあっ……！」

その感覚に、汐栞は背中を反らせながら声を上げた。浴室内にえっちな声が響く。

「ひぁあっ……お、奥……まで……入ったぁ……っ」

「く……相変わらずの締め付け……おまけにすごくうねってるし……」

「んんんっ……だ、だって……こんなおっきいのが入ってるんだよ……？　お、おなか、よじれるに決まって……んんんっ！」

汐栞はまた大きく震える。そのたびに柔肉が俺のモノを締め上げた。

「んぁあっ……ひゃ……あ、あふっ……んんっ……」

「よし、それじゃ動くよ？」

「ふぇっ……え、う、うん……」

俺は汐栞の身体を支えると、下から突き上げる。

「ひゃんっ……！　あ、あぁあっ、んんっ」

動かしにくいので小さなストロークだが、汐栞が上に乗っているぶん体重で深く刺さる。

「あぁあっ……お、奥がっ……擦れ……て……ぁあっ、んんっ、はぅっ……ひゃんっ……あ、ふぁぁっ、あぁあっ……」

「気持ち良さそうな声」

「だ、だって、ほんとにっ……きもちいっ……から……」

「俺もすごく気持ちいい……」

「んんっ……私の……の、望の……かたちになってるから……はぁぁんっ……だ、だから、ぴったりできもちいいのぉ……♪」

喋りながら、膣内がヒクヒクと収縮を繰り返す。

しかもちゃんと俺の気持ちいい部分を締め付けてくるので、本当にぴったりだと思う。

「んんっ……汐栞の気持ちいいトコにも当たってる？」

「んんっ……も、もう……全部擦れてるよぉ……♪」

「それなら良かった」

「えへへ……あ、あぁっ……ひゃ、あぅ……んんっ……」

そのまましばらく、ゆっくりと抽送を続ける。

派手な動きではないが、二人とも確実に快感が引き出されていった。

汐栞の内股や下腹部はずっと痙攣したままだし、俺もペニスが気持ち良くてつま先あたりがジーンと熱い。

そうしながら、俺は優しく胸とクリトリスも刺激する。

「ふぁぁあっ……あ、あんまり強くしないでね……？」

汐栞がそう言うので、ローションを使ってそっと撫でるように滑らせる。

「ふぁぁあぁ……っ……あ、それ、ちょうどいい……ひゃ……ぁあっ……」

その言葉通り、汐栞の中もちょうどいい感じに収縮と痙攣を繰り返す。

なので、その愛撫をしばらくそのまま続けた。

「はぁっ……あ、んんっ……んふっ……ぁ、ぁっ……ひぁあ……」

そうしていると、汐栞が少しこちらを向く。

「ね……ちゅー……してぇ……」

「うん、いいよ」

汐栞がこちらを向きにくいので、俺が顔を前に出す。それでもちゃんと合わないので、俺たちは舌を出してそのまま絡め合った。

「んぇ……れろ……れろ……ぉ……んぇぁ……あはは……ちょっと難しいね」

「キスならあとでしてあげるから」

「うん……♪　ふぁっ……あ、あ、ぁああっ……」

汐栞は微笑むと、弄られている部分に意識を戻す。

「はぁっ……あ、ぁあっ……あう……んんっ……あんっ……ふぁぁっ……あ、あぁっ……な、ナカっ……望の……震えてるっ……」

「んんっ……汐栞の中が最高すぎて暴発しそうだ」

「んぁあっ……あ、あぁあっ……ん、く、ふぁぁあ……」

さっきから内部の痙攣にずっと晒されているので、もう射精寸前まで来てしまっていた。

汐栞のほうも奥をずっと刺激されて小さな波がきているのか、完全に蕩けてきている。

なので俺は、腰の動きを再開した。

「んぁあぁっ……ひゃ、ぁあっ……い、いまっ……奥、擦られたら……すぐ……」

「俺もだから、一緒にイこう」

「んんっ……わ、分かった……ぁ、ぁああっ……」

俺は汐栞の乳首とクリトリスを優しく撫でながら、リズミカルに腰を動かす。

「んぁあっ……ひゃっ、あ、あああっ、あんっあぁんんっ……！　あぁっ……あ、ああっ、ぜ、全部気持ち良くて……どうにかなっちゃいそう……」

「もうどこ触ってても感じるみたいだな」

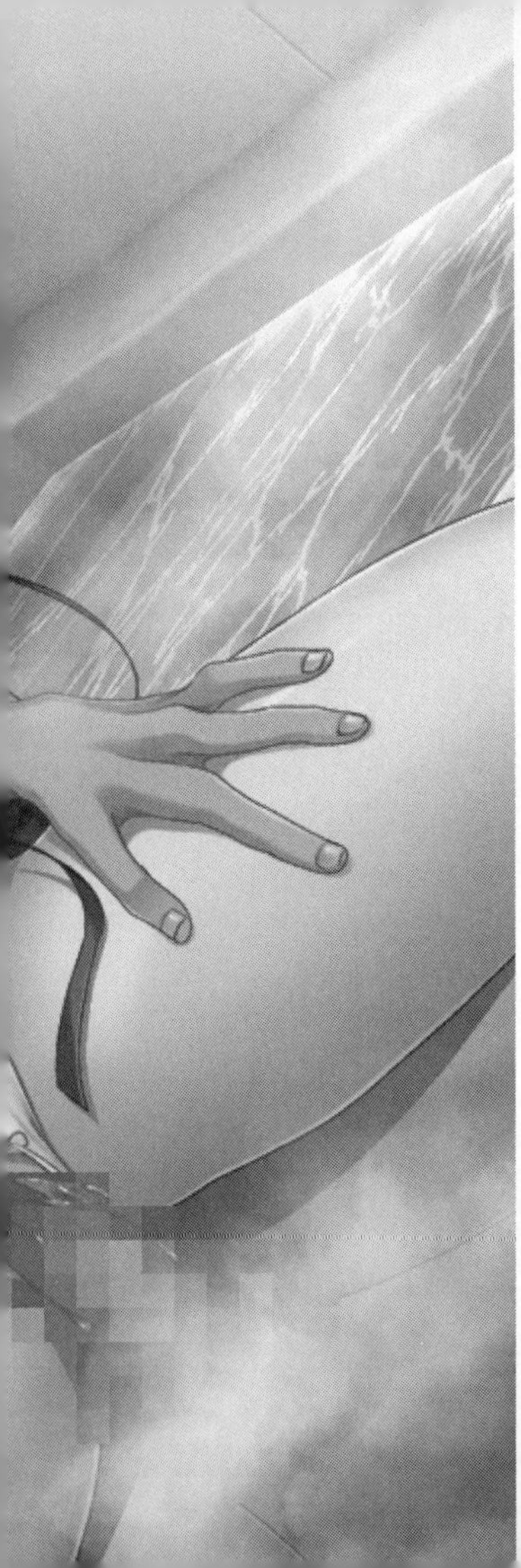

「んんっ……ぁ、ぁぁっ……だって……敏感になってて……ふぁぁぁ……望が……いっぱいえっちなことするからだよぉ……」

「いっぱいえっちしてきたもんな～」

身体が覚えちゃった……あ、ぁあっ……んっ、くふぁぁぁ……っ」

膣内以外、弛緩する汐栞の
ペニスを入れられたまま乳首とクリを責められ、汐栞は何度も身をよじった。

「ぁあっ……ひゃ、あ、あぁあっ……んんっ……だ、めっ……感じすぎて……も、もうっ、い、イキたいっ……ひぁ、あぁあっ……」

俺は手や腰の動きを激しくしていく。

乳首とクリトリスを優しく抓《つま》み上げると、汐栞は背中を反らせながら嬌声をあげた。

「んぁぁあああっ！　ぜ、全部一緒にしたらぁっ……あ、あぁあっ！」

「んんっ……やっぱ締め付けすごいな……！」

「ああっ……っ、抓んだまま……腰……動かすの……っ、だめぇぇっ……！　ひっ、あ、ああっ、こんなのっ……す、すぐっ……すぐイッちゃうっ……！」

「俺ももうイクからっ……一緒に……！」

「あ、ああっ、んんっ、く、ふぁぁあっ……あんんっ、んぃいっ……あ、イク……！」

俺は汐栞の突起を抓み上げると、ペニスで最奥の子宮口を叩く。

「ひぁ、あ、ぁあぁあぁあああぁあぁああああっっ‼」

そして堪えきれず、汐栞が絶頂に達してしまった。それとほぼ同時に俺は彼女の胎内に堪えていたものを吐き出す。

子宮はすぐに精液でいっぱいになり、溢れたぶんが結合部分から零れてきた。

「あ、ぁあっ……ナカっ……いっぱいっ……んんっ……熱いのが……出てる……んんっ、ふぁあっ、あ、ぁああっ」

ぎゅっ、ぎゅっと汐栞の膣内が締まる。それによって射精がさらに促され、精液が迸る。

汐栞はそれを、身体をくねらせながら受け止め続けた。

「んぁ、あ、あぁああっ……ひゃ、あ、あううっ……んんっ……く、うぁあ……！」

ようやく射精が落ち着いて、二人とも呼吸を整える。

その間も、俺のモノも汐栞の膣内も、お互いにビクビクと痙攣したままだった。

「あ、ぁあっ……す、すごかった……んんっ……まだ……お腹、しびれてる感じ……」

喋っている間に、少しずつ萎えてきた俺のモノがゆっくりと出てきて……汐栞の膣圧で、ずるりと吐き出される。

「んぁ、あぁああっ……」

小さく開いたままになっている膣口から、さっきの精液がたっぷりと溢れ出してきた。

「ぁあ……こ、こんなに……んんっ……」

「我ながらすごい量……」

「はぁ……んんっ……きょ、今日は……もうだめぇ……」

汐栞はそう言うと、俺の上から降りて、床にぺたんと座り込んだ。

「はぁ……はぁ……そ、そろそろ流して……出よっか」

「うん、そうしよう。ありがと、汐栞」

「ううん、どういたしまして♪」

俺たちはシャワーでローションをよく洗い流してから、浴室をあとにした――。


プールに行った日にエッチもしたからか、翌日はさすがに俺も汐栞もぐったりしていた。

エアコンの効いた部屋でだらだら過ごしているうちに眠ってしまったらしく、俺はベッドの上で目を覚ました。

「……そっか、お昼ごはんのあと、寝ちゃったのか」

身体を起こして、大きく伸びをする。

「そろそろ夕飯の買い物に行くだろうし、適当に準備しておくか～……」

俺は立ち上がると、そのまま部屋を移動し……何も考えずにトイレのドアを開けた。

そこには便座に座って用を足している汐栞の姿が。

「望っ……？」

「汐栞!?」

一瞬、何が起こったのかまったく分からなかった。

それは汐栞も同じようで、少し呆けた感じの表情のまま固まっている。俺も同じで、すぐにドアを閉めて引っ込めばいいのに、身体が硬直して動かない。

そうしているうちに、呆けた汐栞の股間部分から液体が漏れる。

汐栞はゆっくりと自分の股間のほうへ視線をやったあと、また俺のほうを向いた。

時間にしたら十秒とかそのあたりのはずなんだけど、俺にはものすごく長く感じた。

二人とも黙って見つめ合っているうちに、汐栞の股間から流れているものが止まる。

「ぁ……え、えと……」

そして汐栞は、いつもそうしているように、片手をトイレットペーパーのほうに伸ばす。

そこでようやく思考が追いついたようだった。

「ひゃぁあぁあぁ!?」

戸惑いのほうが多い感じの悲鳴を上げる汐栞。どうしていいか分からず、両手をあたふたさせる。

「え、ええ、えっと、えっと……！　はぅぅぅ……!!」

突然で回らない頭で何を考えたのか、なぜかトイレットペーパーをぐるぐる引き出し、丸めたそれをこっちに投げてくる。

うん、まったく痛くないし可愛い。

この期《ご》に及《およ》んで、俺はそんなことを考えてしまった。

「あああああ！　み、見た⁉　見たー⁉」

「……見た」

「みみみ見たんだー！」

汐栞は慌てた表情をするが、どうすることもできないのであたふたを続ける。

汐栞のこういう表情や仕草を見る機会は少ないので、新鮮でものすごく可愛い。なので俺はトイレから出て行くということをすっかり忘れていた。

「って、い、いつまでそうしてるのー！　早くドア閉めてー！」

「あっ、ご、ゴメン！」

そこでようやく我に返った俺は、慌ててドアを閉めて引っ込んだ。

◆　◆　◆

望が慌ててトイレのドアを閉めたあと、私は一人で身悶える。

「はわぁあ……み、見られた……見られたぁあ……！」

もう恥ずかしくて死にそう……！

身体全体がポカポカするくらいだから、もう相当だ。

「そ、それに……おしっこ出してるところまで……ぅぅぅう～～恥ずかしい～～……」

私は一人で顔を覆う。

「そりゃ……え、えっちのときに……ちょっともれちゃったこともあるけど……それとこれはやっぱり全然違うし……」

考えれば考えるほど恥ずかしくなってきて身体が熱くなる。

「んんっ……」

そうしていると、また少し催してきて、私の股間から水が流れ出す。

さっき途中で引っ込んでしまったみたいになったから、まだ残っていたのだ。

「こ、これを……見られ……はぅぅぅ……」

きゅっと目をつぶって恥ずかしさを堪えながらトイレットペーパーを引き出すと、そっと股間を拭いた。

「こういうところ見られなくて良かった……っていうか、私だけ恥ずかし損じゃない。そもそも、ノックしないほうがわるいんだし！」

さっきのことを思い出しているうちに、ちょっとだけ腹が立ってきた。

「今度は私が、ノックせずに開けようかな」

呟きながら、その場面を想像する。

「…………」

ドアを開けたときに、用を足している望の姿が！

その場面を想像していると、なんだかこっちが照れてきた。

「ご、ごめん、やっぱりむりー！」

私は一人で両手をあたふたさせながら、想像したものを頭から追い出す。

「……すー……はー……」

とりあえず深呼吸して心を落ち着かせる。そこで私ははっと気が付いた。

「……そもそも、ノックどうこう以前に……鍵をかけ忘れてた私も悪いよね……うう～、いつもはかけてるのに～～～」

そういうときに限ってドアを開けられるという……。

「……うん、これは事故！　そういうことにしよう！」

私はなんとかさっきのことに折り合いをつけると、服を正してトイレから出た――。

◆　◆　◆

それから数日……今日は近くの神社でお祭りが行われる。

前々から行こうと約束していたので、俺も汐栞も準備をしていた。

「んん～……えっと、こう、かな？」

汐栞は引っ張り出してきた浴衣を着るのに四苦八苦していた。

「どんな感じ？」

「う～ん、もうちょっと」

「お母さんに、着付け方の写真送ってもらったからなんとか……よいしょ」

「こっちはまぁ、いつもの服だからなぁ」

「望も浴衣、着ればいいのに」

「ははは、さすがに持ってない。実家に聞いてみたけどないって」

「ふふ、じゃ、来年期待しておくね」

「うん、分かったよ。安いの何か買うかなぁ」

などと言っていると、着替えていた汐栞が洗面所のほうから出てくる。

「じゃーん♪」

「おおおお～」

いつもとは違う和の装いに、一気に目を奪われる。

髪がアップでまとめられているのも新鮮だし、浴衣の柄も汐栞に合ってて可愛い。

「どう？　似合ってる？」

「すっごくいい！　最高！」
「えへへ〜♪」
「髪型もいいなぁ……上げてるところって、もしかして初めて見たかも？　いい……うなじいい……いいよね……もっと見たい」

「お、お風呂上がりとかにまとめてるでしょ」

「それとはまた違うのよ。たまにはポニーテールとかにしてみませんか汐栞さん」

「あ、あんまり、似合わないかもしれないよ～？」

「それはやってくれるということですね？」

「た、たまにならね」

汐栞ははにかみながら言った。

「しかし、お世辞抜きでいいなぁ。汐栞は着物も似合うって確信したね」

「む……胸が大きいから……あんまり着ないんだけどね」

「よくそういう話聞くけど、なんで胸が大きいとダメなの？」

「着物って身体のラインを出さないデザインだから、なんだかヘンテコになっちゃうの」

そういうのはたしか聞いたことがある。

「あとは……帯に胸が乗っちゃったり、着崩れしやすかったり……」

汐栞はそう言いながら、自分の胸のあたりを触る。

「汐栞も、乗ってるように見えるけど」

「ぅぅ、これはもうしょうがないよ～。お腹にタオル巻いて段差を小さくしたり、サラシを巻いたりって方法もあるけど……結構暑くなっちゃうし」

「ははははは、そりゃ暑いのが苦手な汐栞には死活問題だな」

俺は笑うが、これは大変なのだと分かった。

「いや、俺が気軽に『浴衣が見たい』って言ったせいで、ゴメン」

「ううん！　そんなことない！　私も今日は絶対着ようって思ってたし。それにね、好きな人には可愛い恰好、見せてあげたいでしょ」

「汐栞～～」

汐栞の言葉に感動して、俺は抱き着く。

「ひゃ、ちょっとちょっと、せっかく着たのに崩れちゃうから～～」

「ああ、ゴメンゴメン」

「着れるけど、慣れてないから崩れたら直すのにちょっと時間かかるの」

「気を付けます」

そんなことをしている間に、日もだいぶ沈んできた。

「さて、そろそろいい時間だし、行こうか？」

「うん♪」

というわけで、俺たちは家を出て、少し歩いたところにある神社へと向かった。

街の北西側には少し山の自然が残っており、そこに神社がある。

打ち上げ花火は河川敷で行われるが、丘になっているここからもよく見えるため、川の土手ではなくこっちに来る人も多い。

境内の外にも屋台がずらりと並んでいて、見ているだけで気分が上がってくる。

「わ～～、盛況だね～～！」

「うん、なんかいつもより屋台も多い？」

「そんな感じするね。景気いいから？」

「景気の話は分からんけど、いっぱい並んでるのはいいな」

汐栞は色んな屋台を眺めて目を輝かせていた。

「さて、今日はここにバイト代もあるし……なんでもＯＫだ！」

「やったー！　じゃあわたあめと……たこ焼き！」

汐栞はそう言うと、すぐさま屋台のおじさんに声をかけて、出来たてのものをもらう。

「って早いな⁉」

「えへへ～♪」

満足気な汐栞を見ながら俺がお金を払う。

そして戻ってくると、汐栞はつまようじでたこ焼きをひとつ刺し、こっちに向けた。

「はい、どうぞ」

「ありがと。はっふっ⁉　あ、あつっ、あふっ……！」

口に入れたたこ焼きの熱さに俺は慌てる。

「私も……あ、あふっ、はふはふっ……！」

俺たちはなんとか冷ましながらたこ焼きを飲み込む。

「ふふっ、あははははは」

「はははっ」

そして落ち着いたところで笑った。久しぶりの屋台でテンションが上がっている。

「は〜〜、口の中、ヤケドしちゃうかと思った。気を付けないとね」

「でも中がとろとろで美味しかったな。出来たてはやっぱ最高だ」

「うん、おいしい」

汐栞はふーふーと何度も息をかけて冷ましてからふたつ目を頬張る。

「はふ、はふ……」

今度はちょうどいい感じだったらしく、美味しそうな顔をしている。

「はい、次は望」

「んっ……はふ、おいし……はふ……ん……美味しい」

「これは本格的に、ウチにあるたこ焼き器を使うときが……？」

「あ〜、そういや倉庫にあったな〜」

「でも、こうやってお祭りのときだからいいのかも」

「そうかもしれないなぁ。特に、今回は汐栞も一緒だし」

「ふふふ♪」

汐栞は俺の言葉を聞いてうれしそうに微笑むと、腕を組んでくる。

付き合い始めの頃は腕を組むのも恥ずかしがっていたけど、だいぶ慣れたものだ。

でもまぁ、まったく照れがないわけではない。もちろん未だにドキドキもするし。

それは汐栞も同じようで、腕を組むと少し口数が減る。

「さ、お腹も少しこなれてきたけど、次はどうする？」

「う～ん、そうだなぁ」

汐栞は並ぶ屋台を眺めながら思案する。

「汐栞は定番の金魚すくいとか、そういうのはいいの？」

「すくっても、水槽とかないし……でも、金魚とか飼ってみるの、楽しそうかな～って思ったりもするけどね」

「確かに、大きめの水槽とか憧れるなぁ」

「ウチの部屋だと水槽はさすがに無理かなぁ。おっきな同居人さんがもういるから♪」

「……残念だが金魚には諦めてもらおう」

「ふふふ～」

楽しそうに笑う汐栞。こっちまで笑みが零れる。

「焼きそばやお好み焼きは、お持ち帰りにしたいよねぇ。う～ん……何がいいかな」

汐栞は左右に並ぶ屋台を見ながら、空いているほうの手でパタパタと首筋を扇ぐ。

「汐栞、ちょっと暑い？」

「ふぇっ？　う、うん、歩いてるから、ちょっと」

「じゃあかき氷にしよう。冷たくてちょうどいい」

「あ、それいいね。はんぶんこしよう♪」

俺たちはかき氷の屋台に行き、ひとつ買う。汐栞の希望でシロップはメロンだ。

受け取ったかき氷を、ストロータイプのスプーンで少し混ぜる。

「望、はい、あ～ん」

俺が口を開くと、スプーンが入れられる。冷たい氷で口の中が冷やされて心地いい。

汐栞も同じようにひと口食べて、目を細めた。

「つめた～い」

「汐栞、多めに食べていいよ。俺は暑いの大丈夫だから。水分補給にもなるし」

「うん、ありがとね。は～……冷た～い、おいしい～」

「かき氷もこういう場所じゃないと食べないしな～」

「甘味屋さんとかで食べられるけど、ちょっとお値段するから」

「ああ、あるなぁ。でもあっちは氷がきめ細かくてすごいから、これとは別物って思う。

屋台のこれは粒状でシャリシャリしてておいしいけど」

「うんうん、これはこれで、だよね」

そんなとき、奥のほうにある屋台を汐栞が指さす。

「あ、あそこ、ケバブの屋台なんてあるよ。すごい、初めて見た」

「最近はそんなのまであるのか」

「帰りに買って帰ろ？」

「よしきた。焼きそばにお好み焼きに……持って帰るのたくさんあるな」

「まだおなか入るから、焼きそばはここではんぶんこしてもいいかも」

「じゃあそうしよう。俺もまだまだ入るし」

喋りながら、だいぶ溶けて水と混ざってきたかき氷を、飲むように口に含む。

空になった容器をゴミ箱に捨てると、続いて焼きそばを買った。

「奥に行って、境内に座らせてもらおっか」

「そうしようか」

俺たちは一緒に神社のほうまで行く。

すると汐栞はそのまま拝殿のほうに行き、お賽銭を投げて鈴を鳴らす。

「お参りするの？」

「使わせてもらいますって言っとかないとね。あと、ついでにお願い事♪」

「ちゃっかりしてる」

「えへへ」

汐栞はぱんぱんと拍手をして、そのまま目を閉じて拝む。俺もお賽銭を投げ入れて、同じようにお参りした。

「望、何お願いしたの？」

「来年も汐栞と来るからよろしくお願いしますって」

「あ、一緒だ～♪」

うれしそうに腕を組んでくる汐栞。

「じゃ、焼きそば食べようか。食べ終わるくらいに花火も始まるだろ」

「そうだね」

そんなわけで、俺は汐栞と一緒に、いかにも屋台といった感じの、ソースたっぷりの焼きそばを堪能した。

食べ終えて二人で休憩していると、空のほうで小さな花火がぽんぽんと鳴る音がした。

「あ、もうすぐ始まるみたいだね」

「んじゃ、上に移動しよう」

ここから少し階段を上がったところに、小さな広場があるのだ。

この街は平地なので花火がどこからでも見えるため、人がいい感じに分散される。移動した小さな公園も、まばらに人がいる程度だった。

俺たちはベンチに腰掛けると、上がり始めた花火を眺める。

「わ〜〜♪」

ちょうど本格的に打ち上げられ始めたようで、大きな音とともに夜空が彩られる。

「おお〜、いつ見てもきれいなもんだな〜」

「そうだね〜。うわぁ〜♪」

大きな玉が上がったらしく、大輪の花が開く。それを見て目を輝かせる汐栞。

「今の、大きかったね〜」

「毎年、結構頑張ってるよな〜」

「去年は見てた？」

「去年はどこで見てたっけな。吉田とどこか歩きながら見てたと思うけど」

「まぁ、すごく高い建物もないし、結構どこからでも見えるもんね」

話をしているうちに、大きな花火が連発で上がり始める。

「わ〜〜すご〜〜い！」

「だいぶ派手になってきた！」

ふと横を見ると、楽しそうに笑っている汐栞の顔が、花火で綺麗に照らされていた。

それがすごく綺麗だったので、そのまま見入ってしまう。

「汐栞……」

視線に気づいた汐栞が、こっちを向いた。

「わ、私じゃなくて、花火見なきゃ」

「あ、うん。それは分かってるんだけど……なんか花火でキラキラしてて、汐栞、きれいだなって」

「えっ……」

目をぱちくりさせる汐栞。急に言われたもんだから、面食らったようだ。

「あ、ありがと……えへ、急に言われると、なんか照れちゃうな」

「大丈夫。つい言ってしまった俺も大いに照れてる」

「ふふ、いっしょだね♪」

汐栞は柔らかく微笑みながら言うと、いつも家のソファでするように、座り位置を変えて身体を寄せてくる。

なので、お互いの顔が自然と近くなった。

そのまま無言で見詰め合う俺たち。

「……花火、きれいだよ、望」

「うん。汐栞は見ないの？」

「ん……今は……こっち」

汐栞は恥ずかしそうにしながら呟くと、そっと目を閉じた。なので俺は顔を近づけ、優しくキスをする。

「ん……は、んん……」

軽くキスして、唇を離す。そしてまた少し見詰め合った後、もう一度キスした。

「んっ……んぁ、ぁむ……ちゅ、んぅ……」

舌を絡め合いながら、唇を吸う。

「ん……ふぁ……」

ゆっくり離れると、汐栞は自分の唇を指先で触り、うれしそうに微笑んだ。そして少し滲んだ涙を、指先でそっと拭う。

「……なんだか、夢みたい。こうやってきれいな花火見ながらなんて……」

汐栞は夜空の花火をまた少し眺めたあと、再びこちらを向く。

「すごくうれしい……」

「俺……なんか告白したクリスマスのこと思い出した」

「私も……♪」

クリスマスの夜、イルミネーションの前でキラキラ輝いて見えた汐栞。

今、花火に照らされるきれいな汐栞の姿がそれにかぶる。

「一緒にお祭り来れて良かった。ありがと、望」

「うん、俺もうれしい。大好きだよ、汐栞」

「ん……私も大好き……」

俺たちは照れながら言ったあと、もう一度唇を重ねた……。

しばらくして花火も終わり、あたりに夜の静寂が戻った。

この小さな公園にも多少の人がいたが、今ではもう俺たち以外に誰もいない。

しかし俺たちは帰ろうともせず、お互い無言のまま、さっきの余韻に浸っていた。

そうしているうちに、汐栞がおずおずと手を握ってくる。

なので俺は……そのままベンチに汐栞を押し倒した。

「ひゃっ、の、望……？」

「ごめん、汐栞。その……」

「…………」

押し倒した状態のまま、また無言になる俺たち。汐栞のほうも俺が何をしたいか分かっているようだ。

「……やっぱダメだよな。うん、帰ろう」

そう言ったときだった。汐栞のほうから、俺の腕をきゅっと掴んでくる。

「……い、いい……よ？」

意外な言葉に俺は驚く。

「で、でも……もうちょっと……見えなさそうなところがいい……」

「う、うん……」

汐栞の要望により、俺たちは近くの木陰に移動した。

公園の隅のほうは山に面しているので、木々が多い。

俺と汐栞はその木陰に少し入ると、人から見えにくい位置を陣取った。

「だ、大丈夫？　誰もいない……？」

「うん、大丈夫。何も聞こえないでしょ？」

口を閉じる汐栞。

あたりが静寂に包まれ、神社のほうでやっている屋台の喧騒が聞こえるくらいだ。

花火が終わってからはこのあたりに人はいない。

「……な？　心配しなくてもいいって」

そう言って汐栞を後ろから抱き締める。

「んぁっ……ちょ、いきなり……」

「ん……ごめん。浴衣姿の汐栞見てたら、ガマンできない」

俺は浴衣の胸元に背後から手を忍ばせると、大きな乳房を掴む。

「ひゃぁあ……」

「汐栞……」

「あ、ま、待っ……ふぁぁああっ……」

俺は汐栞の胸を露出させ、木に手をつかせる。

「こ、こんなところで……はぅぅ……」

汐栞はまだ心配そうにあたりを見回す。

「ここまできたら、覚悟決めなきゃ」

「そんなこと言われても～～……んぁっ……ま、また、おっぱいばっかり……」

「いくら触ってても飽きないから」

「んんっ……ふぁ……」

胸をこねられて、汐栞は鼻から抜けるような声を出した。

外にいるせいで、少ししっとりと汗ばんでいる肌が手に吸いついてくる。そのため、いつもよりむちむち感が上がっているようで、俺は興奮した。

「ふぁっ……あ、んっ……くふ……ふぁ……はぅ……んんっ……あ、あんまり……乱暴に揉まないでね……？」

「うん、垂れちゃったら大変だもんな」

「た、垂れません～……！」

「ははは、汐栞のだもん。大切に扱うよ」

俺は指先に軽く力を入れながら、おもちのようにこねる。柔らかな乳房がくねくねとその形を変えた。

そのたびに、汐栞は甘い声を漏らす。

「はぅ……んっ……んふっ……ふぁ……ぁっ……はぁ……」

「汐栞のその、鼻から出るみたいな声、好き」

「んふっ……だ、だって、あんまり声出しちゃ……誰か来るかもだし……ひっ……」

「花火も終わったし、大丈夫だって。それに、手早くするから」

俺はそう言いながら、汐栞の乳首を抓む。

「ひゃぅぅぅ……っ……さ、先っぽ、そんなっ……ぁぁんっ……ひぁ、あ、ぁあっ……つ、つねったまま……くりくりしないでぇ……」

乳首をこねると、汐栞は身体を少し震えさせた。

その反応が可愛いので、俺は胸を苛め続ける。

「お、おっぱい……ばっかり……ひぁ……ぁ、ぁっ……」

「……こっちも欲しくなっちゃった？」

俺は大きくなったペニスを汐栞の股間にあてがう。

「っっ……！　うぁ……か、かちかち……」

下着越しに割れ目を押さえられ、汐栞が少し身体をくねらせる。

なので、俺は腰を前後させて、竿の部分で割れ目を刺激した。

「んぁっ……はっ……あ、ぁあっ……ゴツゴツが擦れて……んんんっ……」

「……汐栞、濡れてきてる」

「の、望のが擦れてるからだよぅ……！　んぁ、あ、あぁあっ……」

下着には、愛液による小さなシミができ始める。

「ね……ぱ、ぱんつ……替えなんてもってきてないから……あんまり……」

「そっか、ごめん」

俺は下着をおろすと、その割れ目に直接ペニスを擦りつける。

「ふぁぁ……あ、熱い……」

「汐栞のここも熱いよ」

「んんっ……だ、だって……濡れてきちゃってるから……んぁあ……あ、やぁっ……こ、擦れてる……んんっ……あ、んんっ……く、ふっ……ふぁぁあ……」

クリトリスをカリ首で擦ると、汐栞は少し膝を震わせた。

「……そろそろ……挿れても大丈夫……？」

「ん……」

汐栞は小さく頷くと、挿入しやすいように腰を動かしてくれる。

俺も少し足を曲げて位置を調節すると、膣口に先端をあてがった。

「いくよ？」

俺の言葉に、汐栞が少し身体に力を入れて身構える。

そして俺は、ゆっくりと腰を前に突き出し、自身を汐栞の内部に埋没させた。しかし、ペニスの半分くらいまでである。

「んぅ……？　ぜ、全部、入れないの……？」

「今日はちょっと、この浅いところを……」

俺はカリ首の部分で、入り口付近を軽く擦り上げる。

「んんぁあっ……ひゃ……あぁあっ……んんっ……ふぁぁあっ……ぁ、あああっ……そこもっ……い、いい……」

奥よりも入り口付近のほうが感覚が強いと聞いたこともある。クリトリスやGスポットのある付近だし、恐らくそうなんだろう。

なので、俺は執拗に浅い部分を刺激していった。

「んぁあっ……ひゃぁ、ぁ、あぁあっ……んっ、んんっ……」

「……どんな感じ？」

「あっ……こ、これ……んんんっ……きもちいっ……んぁっ……ひゃ、ぁあぁっ……そ、それに……速く擦れてっ……ひぁぁ……っ」

抽送の幅が小さいぶん、その部分だけを速く擦ることができる。そのため快感の蓄積が早い。なので汐栞は内股や下腹部をヒクヒクさせながら、膣内を何度も収縮させた。

「んんっ……く、ふぁぁあっ……ぁ、ぁあっ……ひ、ぁ、ぁあっ……んんっ……これ……

あ、だめ……気持ちいいトコ……ずっと擦ってる……っ」

「Gスポットのあたり、ずっと擦れるでしょ？」

「んぁぁっ……こ、これっ……ずっとされるの……きついっ……ひぁ、ぁ、ぁあっ……お、お腹っ……どんどん熱くなって……震え……ひぁぁあああ……！」

汐栞の内部が断続的に痙攣を行い、俺のモノをぎゅっと握ってきた。

しかしその締め付けの中、俺はさらに抽送を続け、感じる部分を責める。

「んぁぁあっ……ひゃ、あ、ぁあっ、ま、待ってっ……！　んんぅ……これっ……イッ、ちゃう……！　んぁあっ……あ、あああっ……！」

「んんっ……え、遠慮なくイッてくれていいから……」

「ぁ、あ、ほ、ホントにっ……イクっ……んっ、あ、ああ！　ふぁぁっ！」

そして汐栞の下腹部と内股が大きくビクンと震えた。

「んぁっ、あっ、く！　ふぁぁあぁあ～～～……っっ‼」

そして大きな声を出さないように堪えつつ、かすれた吐息のような嬌声を上げる。

「くうっ……！」

「あっ……あぁあっ……んっ、くっ……くふ……ぅぅぅうぅぅ……っっ！」

まだ波が立て続けにきているようで、汐栞は足の力が抜けそうになるのを堪えつつ、全身を痙攣させる。

「ぁあ……い、イッちゃった……んんんっ……！」

まだ膣内はヒクヒクと小刻みに震えている。それに晒されている俺もヤバイが、ここはガマンだ。

「よし、それじゃ……」

「えっ……ちょっと待ってちょっと待って！」

「ふふふ、外だし、ゆっくりもできないでしょ」

俺は汐栞の腰を掴むと、今度は自身を根元まで挿入し、最奥まで到達させる。

「ひぁ、ぁ、ぁぁぁぁあぁあ……っっ！」

トロトロで敏感になっている膣内を貫かれ、汐栞は背中を反らせながら声を上げた。

内部はさっきの余韻が残っているせいか、ずっと震えてて気持ちいい。

「んぁあっ……ひゃ、あ、ぁあっ……これっ……だ、めぇっ……いじわるだよぅ……」

「ごめんごめん。でも、俺はまだイッてないし」

「そ、そうかも、しれないけど……んんんっ……！　こんなぁ……ぁ、あぁっ……」

「大丈夫。汐栞の中、すごく気持ちいいから、すぐ出る」

「んんっ……わ、分かった……ぁ、あぁあっ……ふぁぁっ……」

俺は汐栞の首筋に軽くキスすると、腰を引いて抽送を開始した。

「んぁ……あ、あぁああっ……んんっ……く、ふぁぁっ……」

奥をこねるように突き上げると、汐栞の口から声が漏れる。そして入り口付近まで引き抜き、Gスポットを擦りながら奥まで挿入を繰り返した。

「ひゃぁあっ……ぁ、ぁああっ、あんっ……んんんっ！」

トントンとリズミカルに抽送を繰り返し、汐栞の内壁を擦り上げる。

腰を突き上げるたびに、ぶら下がっている大きな乳房が揺れるので、かなり興奮する。

「ふぁああっ……あ、ああっ……んくっ、ん、んぁああっ……！」

「汐栞のナカ……もうすごく柔らかい……トロトロ」

「はうっ……だ、だって……んぁっ……こんなにかき回されたらっ……こうなっちゃうってばぁ……あ、ぁあっ……ひゃ、あう、んんんっ……！」

俺はGスポットと最奥を交互に刺激する。

イッたばかりということもあってかなりの快感があるらしく、汐栞の膝はさっきからガクガクしっぱなしだ。

「んぁああっ……ひゃ、あ、ああっ……！　あう、んんんっ……く、ふっ……んくっ……あ、ああっ……？　だめだめっ……また……き、来ちゃうっ……！」

「俺も……もう出るっ……！」

「は、はやくっ……私、もうっ……んっ、んぁ、あ、あぁあああぁっ……！」

俺は勢いよく抽送を行い、締め付けを続ける膣内を何度も往復させる。ぐちゅぐちゅと音が響き、愛液のしぶきがあたりに撒き散らされた。

「ぁあっ、あうっ、んんっ……く、ぅうっ……！　ふぁあっ、あ、あ、ああっ……！　んんっ、あ、も、もう……ガマンできにゃっ……ぁ、ぁっ……！」

汐栞の膣内が俺のモノを断続的に締め上げ、快感をさらに引き出していく。

「く……もう無理だ……だ、出すよっ……！」

「んっ……き、きてっ……ふぁ、あ、あああっ！　あぁあぁあぁあぁあー－っっ‼」

絶頂を迎え、汐栞は大声にならないように、吐息を多めに声を出した。

そんな汐栞の胎内に、俺は大量の精液を注ぎ込む。

「んんっ……く、ふぁぁあっ……あ、ぁっ……熱いの……いっぱい出てるぅ……っ……ぁ、ああっ、ま、まだ……ビクビクって……ひぅ……んんっ、んんっ……！」

絶頂の波が簡単に引かないらしく、汐栞は何度も何度も身体を跳ねさせた。そのたびに膣内がぎゅっと俺のモノを握り、精液を搾り出す。

「くううっ……ぜ、全部……出た……」

「んんっ……ふぁ……はぁっ……はぁっ……」

汐栞もようやく身体を弛緩させ、肩で息をする。

身体には汗がかなり滲んできており、乳房を伝って下に滴り落ちていた。

「はぁ……はぁ、はぁ……ふぁぁあ……♪　き、きもち……よかった……はぁっ……」

ぶるっと汐栞が震えると、内部が締まり、結合部分から精液が漏れ出してくる。

「ぁあっ……んっ……の、望……き、キス……してぇ……」

「うん……もちろん」

俺はペニスを抜いて汐栞を支えると、その可愛い唇にキスした——。

そのあと……さすがにそのまま帰れないので、後始末をする。

「こんなこともあろうかと、持ってきていたティッシュとウェットティッシュ」

「……望ってばゴミ袋まで持ってるし……最初からそのつもりだったんじゃ……」

「違う違う、誤解だって。食べ物が服についたりしたときにいるだろう？　それにゴミ箱だっていっぱいかもしれないから、持って帰るときの袋だよ」

「ほんとに～？」

「俺のこの目を見てくれ」

「……ノーコメント」

「そんなぁ」

「ふふふ、冗談だよ♪」

汐栞はそう言って笑うと、受け取ったカバンからティッシュを取り出して股間を拭く。

「中にタオルもあるから、汗も拭くといいよ」

「ありがとう」

俺は、汐栞が後処理を済ませて浴衣を直すまで、誰も来ないか少し見張っていた。

しばらく待っていると、浴衣を整えた汐栞がやってくる。

「おまたせ」

「それじゃ汗もかいただろうし、そろそろ帰ってお風呂にしようか」

「うん、今日はありがとね、望……♪」

汐栞はうれしそうに微笑むと、そっと腕を組んでくる。

そして俺たちは、まだ開いている屋台でおみやげを買ってから、家路についたのだった。

第四章　二人きりで初めての旅行

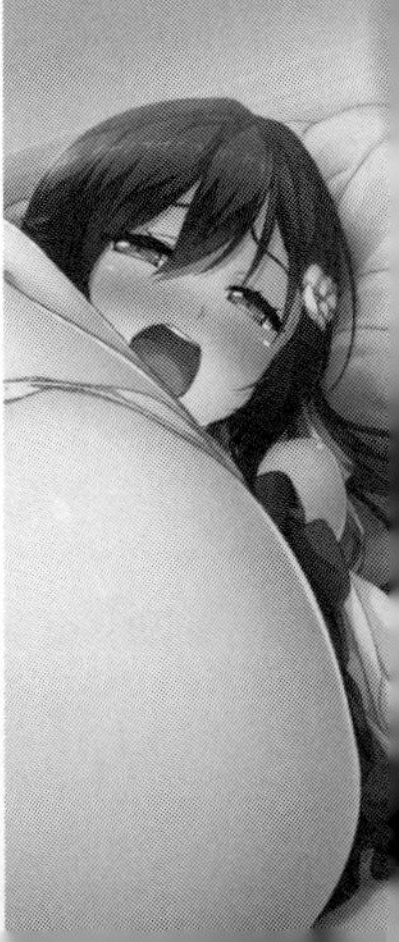

望と一緒にお祭りに行った日から、しばらくのんびりと過ごしていたけど、今日は二人でちょっと駅前までお買い物をしてきた。

帰ってきて、望はそのとき買った新作のゲームで遊んでいる。

私はというと、楽しみにしていた小説家さんの本が出たので、それを買ってずっと読んでいた。

望のほうはゲームに夢中なので、私はソファを占領して寝ころび、文庫を読む。

読んでいるんだけど……。

（な、なんだか、いつもと作風が違うというか……えっちなシーンが……多いよぉ……）

たまにこういう過激な描写が入る作者さんだって知ってはいるけど……。

（文章力があるから、なんだかすっごくえっち……こっちまで変な気分になっちゃうというか……）

ドキドキして少し顔を火照らせながらも、続きが気になるので、読み進めていく。

そしてまた別の場面の話のあと、また過激なシーンが始まった。

（ま、またきた……！）

こういうの、今まではさらっと読めてた気もするんだけど、自分がえっちなことを経験してしまったものだから、想像できてしまうのが結構まずい。

（ぅ……）

私は太ももを合わせて少しモジモジすると、ぺらりとページをめくった。

（わ、わぁあ～～……そ、そんなことするのぉ……？）

次のページは丸々、えっちの描写が続いていた。

ドキドキしっぱなしの私は、望が飲み物を取りに立ったことにまったく気付かなかった。

◆　◆　◆

期待してた新作ゲームソフトが出たので堪能させてもらっていた。

汐栞のほうもお気に入りの作者の新刊を買っており、夕飯のあとからずっと読んでいる。

（まだ読んでる）

ソファの肘置きを枕にして寝そべっているが、なんだか体育座りのまま寝ころんだような恰好をしている。

俺は汐栞の頭側から近づいて、ひょいと文庫本を取った。

「ひゃあああああ！」

「うお、びっくりした」

まさかこんなに声を出すとは思わなかったので、こっちも驚く。

「え、あ、の、望⁉　いつの間に？」

汐栞はすぐさま起き上がって、両手をわたわたさせて慌てる。

「いや、お茶汲みに立っただけだけど……気付かなかった？」

「あ、えと、ぜんぜん、ぜんぜん」

「っていうか、そこまで夢中になるってことは、かなり面白いみたいだね、これ」

そう言って俺は持っている本に視線を移す。汐栞が読んでいたページが開かれたままだ。

「あ、だめ！」

「え？　ん……ぶほっ⁉」

汐栞の制止の前に、俺はもう文章を読んでしまっていた。

しかし普通の本だと思っていたので、いきなり目に入ってきた濃密なエロ描写に思わずむせてしまう。

「な、なんか……あれ？　えっちな本だったの？」

「ち、ちがうー！　ちがうのー！」

「いやでも、これ……」

「ほ、他のところ見てみて！ ちゃんとした推理小説ではあるから！」

言われたので、他のシーンをぺらぺらとめくってみる。確かに、さっきのところはエッチだったけど、真面目な部分も多い。

そしてタイトルを見てみると……確かにそれっぽいタイトルだ。

「ふむ……汐栞は間違ったことを言っていないと認めよう」

「ありがとうございます」

汐栞はほっと胸を撫で下ろしながら言う。

「しかしこれは……なんとも過激な……まさかお尻で……」

「うん……」

汐栞は耳まで真っ赤になりながら俯く。

「ってか、そういうシーン読んでたから、なんか変な格好してたのか」

「み、見てた⁉」

「いや、さっき立ったとき、『なんか足、モジモジしてるな～』って思った」

「～～～～っ」

汐栞は両手で顔を隠すと、そのままソファに座る。なので俺も隣に座った。

「なるほど、読んでるうちにちょっとえっちな気分になったと」

顔を隠したままコクコクと頷く汐栞。俺はさっきのページをもう一度よく読んでみる。

描写が濃密で、俺の股間も少しムクッときてしまった。

「う……これは確かに……」

「そ、そうでしょ～!?」

本を返すと、汐栞はまたちょっと読んで恥ずかしそうにする。

そしてしおりを挟んで机に置いた。

「は～～……面白いんだけど、全部読むまでガマンできるかどうか……」

「ガマンって、えっちを？」

「……え……あっ……！」

『完全に失言した』とばかりの表情をする汐栞。

「……ううう……聞かなかったことにしてぇ……」

「そういうわけにはいかないなぁ……好きな人がえっちな気分になってるのなら、ちゃんと相手してあげないと」

「はぅぅ～～……」

「ほらほら、汐栞ちゃんはどうされたいのかな？　言ってみ？」

「………」

尋ねてみると、汐栞は横に置いていたクッションをぎゅっと抱え、赤い顔を少し埋める。

「べつに恥ずかしがらなくても、もう色々してきた仲じゃないか。何言っても変だとか思わないって」

「……ほんと？」

「ほんとほんと」

汐栞はまた少し黙ったあと、ようやく口を開く。

「お、おしりって……きもちいいのかな……」

うん、まぁそういうことを考えてるんだろうと思った。

「どうなんだろう。でも、そういうプレイがあるってことは……」

「きもちいい……？」

「実際にやってみるのがいいんじゃないか？」

「ええええ⁉　お、おおお、おお、おしり⁉」

「うん」

「本気⁉」

「だって、やってみないと分からないし」

「そ、それはそうだけど……！」

「大丈夫大丈夫。無理そうならやめればいいんだって」

「〜〜〜〜！」

また顔をクッションに埋める汐栞。

そのまましばらく黙ったままだったが……。

「………」

ちらりと上目遣いで俺のほうを見る。

どうやら、好奇心のほうが勝ったようだ。

「……やってみる？」

「ん……」

汐栞は耳まで真っ赤にしながら、小さく頷いた……。

「や、やっぱりやめない……？」

「だーめ。もうやるって言ったから取り消せません」

「はぅぅ……」

汐栞は真っ赤になったままだ。

「こないだ、お風呂でエッチしたときに使ったローションが残ってるから、それ使おう」

「あのヌルヌル……」

「さすがに何もナシはきついだろうし……」

俺はしまっておいたローションのボトルを取り出す。

「さ、汐栞」

「ぅ……わ、分かった……」

汐栞は恥ずかしそうにしながら下着を少しずらすと、そのまま両方の膝の裏を抱えつつ、ベッドにころんと寝転んだ。

そうすることでお尻が突き出される形になって、アナルが丸見えになる。

「はぅぅぅ……」

相変わらず恥ずかしそうにする汐栞。

まぁそりゃそうか。

「う～ん……」

「そ、そんなにまじまじ見ないでぇ」

「いや、じっくり見る機会ってそうそうないし」

「普通はそんなのないよう！」

「もう二度とさせてもらえないかもしれないし、これは堪能しておかねば」

「ふぇぇぇーん！」

恥ずかしそうに喋るたびに、丸見えになっている割れ目とアナルがヒクヒクと動く。

「さて、それじゃ……」

俺はアナルの左右に親指を近づけ、窄まった穴をくいっと左右に開く。

「ひゃぁあぁ……！　ちょ、ちょっとおおお……！」

「中もよく見ておかないと」

「だ、だから見なくていいってば！　やぁあぁ！」

足をじたばたさせる汐栞。それでも体勢は変えないところが優しいというか。

「すごいピンク色できれいだ……」

「言わなくっていいってー！　ていうか見なくていいってー！」

「喋るたびにヒクヒクしてるんだけど」

「何言ってるのよばかばかー！」

そう言って怒るたびに、アナルの内部……腸の襞がうねる。

挿れたらすごく気持ち良さそうだと思ったけど、さすがにそれは言わないでおいた。

「ね、も、もういいでしょ？　恥ずかしくて死にそう……」

「死なない死なない」

そう言いながら、俺は開いたアナルにふっと息を吹きかけた。

「ひあああ⁉」

いきなり空気が入ってきたので、汐栞は身体をびくんと反応させる。親指で開いているのにアナルもきゅっと窄んだ。

「い、いま、ふって……ふーってしたぁ！」

「色々反応をみておこうかと……」

「うう―……や、やっぱりえっちだよぅ……！」

「はいはい、動かないでね～」

俺はもう一度、親指を使って左右に開く。さっきよりも少し抵抗があるが、また内部が見えた。

「ま、また……開いてるぅぅ……」

奥に見える汐栞の顔はもうずっと真っ赤のままだ。

まぁ、確かにこれは恥ずかしいと思う。

でもそこがいいというか……こうやって恥ずかしがってる汐栞を見るのもすごくいい。

「さて、と」

俺はローションのボトルを取り出すと、それを指に付着させ、よくなじませた。

その指で、汐栞のアナルにそっと触れる。

「ひゃん！」

「じっとしててね」

「そ、そんなこと言われてもぉ……んんっ……」

俺は指でアナルを撫でて、ローションをたっぷりつける。そうしながら指先をほんの少しだけアナルに引っかけてみたりする。

「ひぅ……ぁっ……や、やぁ……ホントに触ってる……こ、こんなのおかしいって……」

口ではそう言いながらも、アナルは柔らかいし大丈夫そうだ。

「じゃあ指いれるから……暴れないでね」

「えっ、えっ？」

俺は人差し指を、窄まったアナルにすっと差し込む。

「ふぁぁぁあああ……!?」

ローションの滑りのおかげで、指はするりと中に入った。

「ひゃ……あ、ほ、ほんとに入ってる……入っちゃってるぅ……！」

「もうちょっと中まで……」

「んぁぁあ……っ!?　ひ、あ、やだこれ……変な感じっ……！」

指先が入ってくる感覚に戸惑う汐栞。お尻が震えているのが手のひらに伝わってくる。

「汐栞は座薬とか入れたことない？」

「な、なぃ……ひぅ……ぁ、あぁっ……ゆ、指っ……中でくねくねさせないでっ……！」

「思ったより中のこと分かるんだなぁ」

そう言いながら、ゆっくりと手を返して、挿し込んだままの指を回転させる。

「にゃぁああ!?　あ、んんっ……ぐにゅってしたぁ……！」

「あいたたた。汐栞、締めすぎ締めすぎ」

「そんなこと言われてもぉ……！　んっ、あ、ぁあっ……」

汐栞が力を抜いたのか、締め付けが緩くなる。

これは膣なんかよりもかなり強い力だ。気を付けないと。

俺はそんなことを考えながら、汐栞のアナルを指先で弄《いじ》り続ける。

「んぁっ……ひゃんんんっ……へ、変……だよぅ……お、お尻……熱い……ひぁっ……」

「どんな感じ？」

「ぅぅ……は、入ってくるのが……まず変な感じ……」

そりゃそうだ。

普通は出すしかしない部分だしなぁ。

そこに人の、しかも動く指が入ってきてるんだから、違和感のほうが大きいだろう。

「んぁ……あ、ぁっ……くふ……んんっ……」

しかし声の感じからするに、感度はかなり良さそうに思うんだが。

俺はさらに人差し指でアナルを弄り続ける。

「ぁあっ……ゆ、指が動いてるよぅ……お、お尻のなかっ……くねくねって……」

「結構ほぐれてきたかなぁ」

俺は指の第二関節あたりまで差し込むと、そのまま横に軽く引っ張ってみる。すると、さっきみたいにアナルが口を開けた。

「んぁぁああ……っ」

腸内に空気が当たる感覚に、汐栞はお尻をよじらせた。

「これならもう一本いけそう」

「えっ、もう一本って？　ええっ⁉」

今度は、ローションまみれの中指も一緒に、汐栞のアナルにゆっくり埋没させてみた。

かなりほぐれたアナルはゆっくりと拡がり、二本の指を受け入れる。

「んぁぁあぁ……っ⁉　ふ、増え……ぁ、ぁぁぁああ……っ⁉」

二本の指が三〜四センチ入ったところで、戸惑い気味だった汐栞の声に変化が生まれた。

「あ、あれっ……これ……あ、れっ……私……なんでっ……んっ……や、あ、何これっ、んんんっ……ふぁ、あ、ぁああぁぁあっ……！」

さっきまでと違い、艶《なま》めかしい声に変わる汐栞。

そして汐栞自身、その変化に驚いているようで、戸惑いの表情をする。

「……お、もしかして、感じてきた？」

「うぁ……な、なんで……？　んんっ……ぐ、ぐいって拡がって……ぁぁあっ……きもちいい……っ」

「なるほど、太さが足りなかったのかな？」

呟きながら、さっきみたいにゆっくり手を返して挿入した指を回転させる。

「ひぅっ⁉　あ、ぁあっ、そ、それだめっ！　ぐにゅって……！」

「これ、感じるの？」

「っ……！　っ……！」

汐栞はきゅっと口をつぐんだまま、何度も頷く。

これくらいの太さになると異物感や違和感が快感に変化するのかもしれない。

少なくとも、汐栞はそうらしい。

さっきまでと違い、声も反応もエッチのときのそれに変わってきている。

「んんっ……やぁっ……こ、これっ……きもちいっ……何これぇっ……」

「こうやって、中、ぐりってするのがいい？」

「ひゃぅ⁉　う、ぁ、ぁあっ……ぁぁあっ……！」

ビクビクとお尻が痙攣する。その反応だけで返事はいらないほどだ。

「んんっ……はぁっ……はぁっ……ぁ、こ、これ……んんんっ……なんでこんなに……」

「気持ちいい？」

汐栞はこくりと小さく頷く。

さっきから挿入した指をずっと締め付けてヒクヒクしてるし、ウソではないようだ。

なので俺は、ローションの力を借りて、さらに奥へと指を侵入させる。

「ひぁぁああ……！　お、奥っ……きたぁ……！　あうっ……んんっ……お、お尻……拡がってぇ……うぁ……ぁ、ああっ……」

「もうちょいいける……？」

俺は二本の指の第二関節までアナルに入れる。関節の太い部分がアナルを通過したとき、汐栞はビクンと背中を反らせた。

「あぁうっ！　んっ……くっふぅぅぅぅ～～……っ！」

ぎゅううっと指がまた締め付けられる。

これは……どうやら軽くイッてしまったようだ。

「うぁっ、はぁ、はぁ……んんっ……は、入ってるだけで……圧迫感がすごいよぅ……」

「こっちとどっちが圧迫感ある？」

俺はもう片方の手で、膣口を軽く弄る。

「ひぁぁっ……あ、お、おしりっ……おしりのほうっ……！」

「……こっちはもう何回も挿れてきたもんなぁ」

未経験のアナルのほうが、『入れられてる感』が強いのだろう。

「でも、もっとほぐしていかないとね」

「ふぇぇえっ⁉　や、あ、う、動かすのだめっ……！」

俺は手のひらを返し、また指を回転させる。

関節の部分がぐりっとアナルを拡げながら刺激した。

「あぁあうっっ！　んんっ、ひぁっ、あぐ、な、何回もぐりぐりってしちゃ……ぁぁあっ、やだやだ……んぁああっ！　あぁあぁああーーっっ！」

「うお、また力が……！」

汐栞はまた軽い波が来たらしく、全身を硬直させて小刻みに痙攣する。

そしてアナルの締め付けがやっぱりすごい。

締め付けであまり動かせないので、俺は中で指を曲げて、内壁を刺激してみた。とりあえず、すぐ上が膣壁のほうを刺激してみる。

「うぁあっ、ゆびっ……中で曲がってっ……うっ、あ、あぁああっ！　ぐにゅぐにゅ動いてるっ……！　んんっ、ぁっ、あ、あぁあっ！」

汐栞は足をなんとか抱えたまま、お尻を振るようにして何度も身悶えする。

そしてかなり感じている証拠に、膣内を満たした愛液が零れ出してきて、アナルのほうに流れてきた。

なんだか俺が手首をひねるたびに軽く達しているらしく、このままでは汐栞が先に参ってしまいそうだ。

「汐栞、汐栞？」

「んぇ……？」

ぼんやりしていた汐栞が返事する。

「指、抜くよ？」

「んぁ……えっ⁉　ま、待っ……」

汐栞が止めるより先に、俺は指をゆっくり引き抜く。

「んはぁぁあぁあぁぁぁあ〜〜っっ⁉」

指を抜くときの感触で、汐栞はまた達したようだった。全身をわななかせながら嬌声を上げ、同時に軽く潮を吹く。

「んうっ……く、ふはぁぁあぁあ……っっ……」

そして硬直したまましばらく震えたあと、ようやく身体を弛緩させる。

「ふあぁっ……い、いきなり抜いちゃ……ぁあっ……ぁうっ……」

「ごめん、そこまでとは思わなくて……」

指を抜いたアナルは、少し開いたままになっていた。

ピンク色の腸内を見せながら、ローションや粘液がとろりと流れ出してくる。

そして俺の指にも、湯気が出そうなほどあったかい粘液が付着していた。

「さて……だいぶほぐれただろうし、もう大丈夫だろう」

「な、何が大丈夫なの……？」

「そりゃ、俺のを挿れるのに」

「えぇぇぇぇー⁉」

ひと呼吸おいて、汐栞が驚きの声を上げる。

「む、むりむり！　あんなおおきいの入りっこないよー！」

「いや、二本も指が入ってたんだし、大丈夫だって」

「ち、ちがっ……！　指でもあんななのに、そ、その……あんなの挿れられたら……私、死んじゃうー！」

「死なない死なない」

「また無茶言ってるー！」

「だって汐栞の格好みてたら、もうこんなだし」

俺は大きくなった自身を取り出す。

「っっ……そ、それ……お尻に……？」

「うん」

「い、痛いって言ったら絶対やめてね？　絶対だよ？」

「それだけは約束する。お尻は無茶しちゃいけないって聞くし」

「今の時点でだいぶ無茶なんだけど……ぅうぅ……」

汐栞はぶつぶつ言うが、こうなったのも自分が言ったせいだし、諦めて大人しくなる。

なので俺は、取り出した自身にもたっぷりローションを塗り付けた。

「よし……じゃ、汐栞、いくよ？」

「う、ぅぅ……」

汐栞はなんだか曖昧な返事をする。

俺は汐栞の太ももの付け根あたりを掴むと、先端をアナルにあてがった。

「んんんっ……」

そしてローションの力を借りながら、亀頭でゆっくりとアナルを押し拡げていく。

「ひぁ、あ、ぁあ……ああ……！　ひ、拡がっ……て……！」

「ん……もうちょい……」

「んっ……ふぁぁああぅ！」

にゅるんと亀頭がアナルに吸い込まれた。

「あ、あは……あ、うぐ……んんんっ……！」

「大丈夫？　痛くない？」

「い、痛く……ない、けどぉ……こ、これ……絶対ダメなやつだよぅ……っ！」

汐栞はお尻をずっと小刻みに震えさせていて、これだけでも結構な快感のようだ。

「もっと奥まで行くよ？」

「ん……ゆ、ゆっくり、ゆっくりだよ？」

俺は汐栞の身体を撫でながら、腰をゆっくり前に進める。

「あ、ああ、あぁあぁ……うぁ、あ、はいって……く、るぅぅぅ……っ！」

ローションの助けもあり、俺のモノは驚くほど簡単に汐栞の腸内に飲み込まれていく。

「やだやだなにこれなにこれ！　お、奥まで来すぎっ……んぁっ、あ、ぁああっ！」

挿入される感触に、汐栞は嬌声とともに全身を硬直させた。また達してしまったらしい。

「くふぁぁあ……っ……お、お尻……すごい拡げられてるぅ……っ」

「指よりはちょっと太いかな……」

「はぁ……はぁ……あ、圧迫感が……すごくて……くぅぅぅ……うぁ、ぁああっ……ああああぁぁあ……！」

ペニスの根元がアナルによってぎゅううっと締め付けられる。

「これはキツイ……けどきもちいい……！」

「力入ってるのに……お尻閉じない……変な感じだよぅ……！　うぁ、あぁあぁっ……」

腸内も膣のようにうねうねと動き、俺のモノを包み込む。しかし膣ほど襞がなく、全体的にぬるんとした感触だ。

だが、これはこれで心地いい。

「よし、動くよ？」

「う、うごく……？　えっ、えっ？」

俺が自身をゆっくりと引き抜いていくと、汐栞の身体が大きく震えた。

「んぁぁあぁあぁあああっ……!?　ぬ、ぬけ、ぬけるぅぅ……っ！」

長いモノを引き抜かれる感触に、汐栞は目を白黒させた。これもかなり感じるらしい。

「はっ……はっ……はぁっ……はぁっ……これ、絶対だめだって……ぇ」

「まぁそう言わず、俺がイクくらいまで付き合ってほしいな」

「そ、そんな、ぁぁあああぁぁあっ！」

また俺は腰を前進させ、腸内にペニスを入れる。

「んぁあっ、あ、ぁあっ、んんんっ！　ああっ……そんなに勢いよく入れたら……んぁ、あ、ぁああっ……あ、あちこち……擦れてっ……！」

「んんんっ……！　こ、擦れるの……？」

「う、ううっ……おなかのほうっ……なんか、ぁあっ……きもちいっ……」

「……おまんこの裏側だから、感覚が近いのかな……」

俺は膣内に人差し指を入れて、腸側の内壁を少し押す。

「んぁあっ、あ、ひゃ、あああっ……！」

「うわ……お、俺のが入ってるって分かる……！」

「うんっ……ゆ、指で……ぐりぐりしてる……んんっ！　あ、あと……背中側が……背骨に当たってる感じで……あ、頭まで……電気が流れてるみたいに……んんっ、気持ちいいのが伝わってきて……！」

「そうなのか……」

「はぁ、はぁ……ぁ、ぁああっ……また抜けっ……ひう……んんっ、あ、あぁあっ！」

「んんっ、これすごい……！」

抜くときはあまり抵抗なくするっと抜ける。

長いものが勢いよく抜ける気持ち良さはなんとなく分かる。

そして抜けたと思ったらまた入ってくるのだから、違和感もものすごいのだろう。

そう思ったが、俺はとりあえずゆっくりと前後運動をする。

「んぁあっ、ひゃ、ぁあっ、あ、あぁああっ……！」

「アナルの締め付けで竿が扱かれる感じですっごい気持ちいい……」

「わ、私もっ……き、もちいいっ……もうずっと……震えて止まらなくて……ふぁあぁ、あ、あぁあぁっ……あぁああっ……！」

ペニスを根元まで突き入れると、汐栞は背中を反らせながら快感を堪える。

しかし、太ももをぎゅっと抱き締めながら、左右に倒れたりするので、擦れる場所があちこち変化した。

それがさらに快感を生み出し、汐栞を悶絶させる。

「あううっ、んっ、く、ふぁぁああっ！　あ、やぁっ、だめっ……！　イク……っ！」

「んんんっ……また締まる……！」

「く、ふぁぁあっ……あ、ああっ……はぁ、はぁ……あううっ……うぁ……お、おしり、だめだよぅっ……ゆるくなっちゃうぅう……」

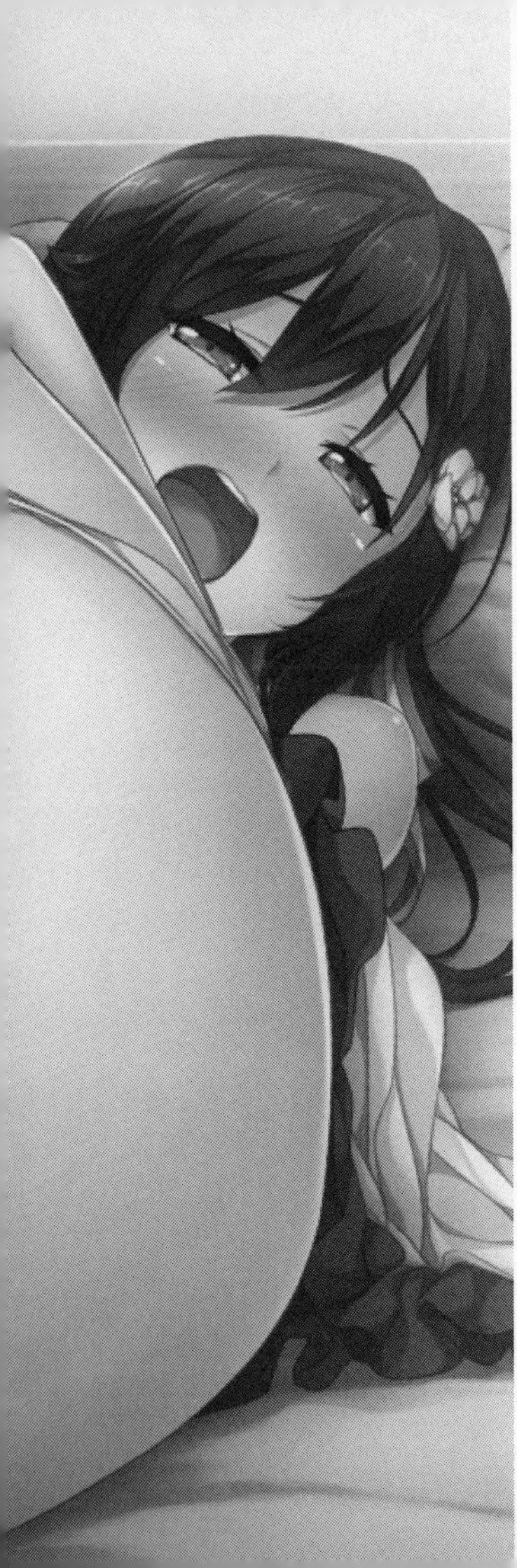

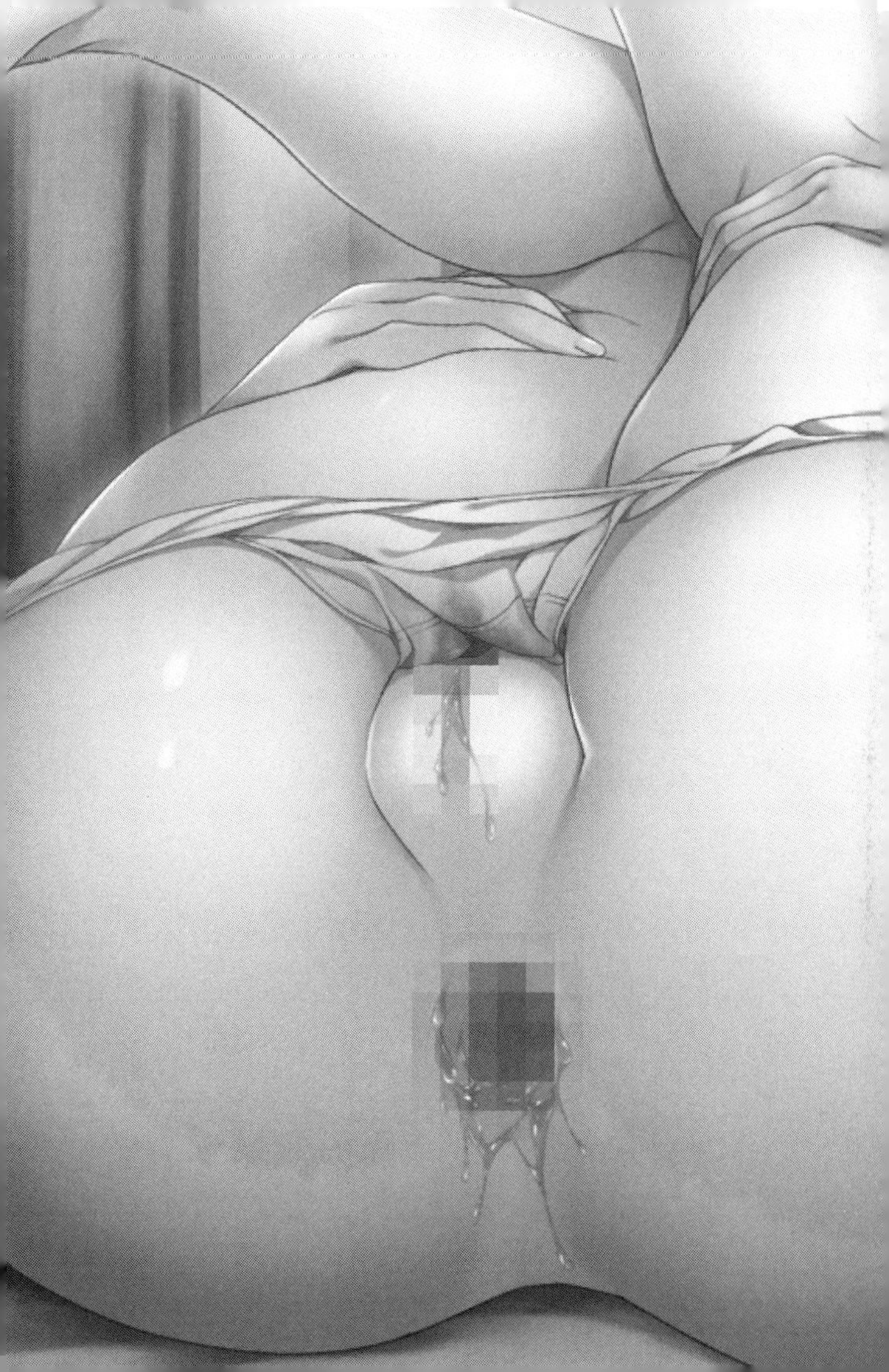

「これだけ締まってたら大丈夫だと思うけど」

「んんんっ……そんなこと言われても～～」

イキすぎてふにゃふにゃになってきた汐栞を、俺はさらに突き上げていく。

といっても、あくまで優しく、ゆっくりとだ。

しかしそうはいっても、アナルの締め付けと痙攣のおかげで、こっちも射精寸前まで高まってきていた。

「ふぁぁあっ……あ、あううっ、んっ、く、ふぁあああっ、あ、だめ、だめぇっ……ひゃ、あ、ぁああっ……♪」

しかも汐栞のこの悶えようを見て興奮しないわけがない。なので、ひと突きごとに射精感がどんどん高まっていく。

「んんっ、ふぁぁっ、あ、あぁあっ、ぁあっ……あ、あぁああっ……！　お、おしりが、ぐちゅぐちゅ言って……ぇっ！」

「ローションから何からすごい垂れてる。股間からもえっちなお汁が垂れてるよ？」

「い、言わないでぇ……そっちも……す、すごく熱くなってて……んぁあっ！　くぅっ、んっ、んんんんっ……ふぁ、ぁあっ！」

汐栞の内股、というか太ももも全体がずっと痙攣している。肌も汗ばんで紅潮しており、それがまたいやらしい。

「く、ううぅっ……お、おっきいのが……何回も出たり入ったりしてっ……こんなの……絶対変になるぅ……んぁ、あぁあっ……」

「んんっ……また締まる……！」

「あ、ああっ……ぎゅってしてるの、私も分かるっ……んぁ、ぁああっ……」

汐栞のアナルはもう完全にほぐれており、俺のモノを根元まで難なく飲み込んでいた。

そして腰を引くと、腸内が少し引き出されて、ピンク色の部分が見える。そのいやらしさに気付いたとき、もう堪えるのが難しくなった。

「くうう……や、やばい……そろそろ出そう……」

「んんっ……だ、出して……いいからぁっ……！　わ、私っ……ずっとイッ……イッてて、ひぅ……も、もうっ……感覚なくなりそう……」

汐栞は肩で息をしながらそう言うので、俺は腰を突き入れるスピードを速めた。

「んぁあっ、ひゃ、あ、ぁああっ！　んくっ、また、すごい奥までっ……！　前の穴より奥に……きてるっ……！」

「そうか……腸には行き止まりがないもんな……！」

「ふぁぁっ……あ、あぁあっ、あんぅ、んんっ、く、ふぁぁあっ……！　んんっ……すごいっ……奥まで入ってる……うぁ、あ、あああああっ……！」

汐栞のアナルは、もう色んな粘液でぐちゃぐちゃだ。

そこに何度も突き入れしているというだけで、どんどん射精感が込み上げてくる。

「んぁあっ……あ、ああっ、く、ふぁあっ……あんんっ……は、早く……！」

「うんっ……も、もう出る……っ！」

「あっ、あ、あ、ああっ、あぁああっ！　だ、出してっ……んんんっ……せいえき……ほしいっ……！　んぁ、あ、あはぁあぁあああぁあー－っっ！」

アナルで深く結合したところで、俺たちは同時に頂点に達した。

そこで俺は大量の精液を撒き散らしたところ、腸内がぐねぐねと蠢き、その感触に汐栞は全身を何度も何度も震わせた。

「んんんっ、く、ふぁぁっ……あぁあっ……で、出て……んんんっ……」

俺は最後の一滴まで、汐栞の腸内に吐き出していき……全部出してしばらくしたところでようやく小さくなってくる。

なので、萎んできたモノをゆっくりと引き抜く。

「ひぁ……あ、あぁあっ……抜け……て……んぅぅぅっ！」

ペニスが抜けると、汐栞のアナルはぽっかりと開いたままになった。そこから、さっき注いだ二回分の精液が流れ出してくる。

「はぁ……ぁ、ぁあっ……んんっ……はぁ……ぁ、ぁああっ……わ、私のおしり……だめになっちゃったぁ……」

「いや、大丈夫だって」

俺は開いたままヒクヒクしてる汐栞のアナルに触れる。

「んにゅっ……！」

その刺激で、アナルはすぐにきゅっと窄まった。

「ほら、ちゃんと閉じるでしょ」

「はぅう……そ、そういうことじゃなくてぇ……はぁ……はぁ……」

「ほら、汐栞」

俺は汐栞に近づくと、安心させるためにキスをしてあげる。

「んっ……んふ……ちゅ、れる……んく……んぅ……」

すると汐栞は、すぐに舌を絡めてきた。

しばらく唇を重ねたあと、ゆっくり離れると、汐栞は疲れ切ったのかそのまま眠ってしまった――。


そのまま俺も汐栞と一緒に眠ってしまったようで、夜中に目が覚める。

「ん……んん……」

起きた俺は少し身体を動かすと、張り付いたシーツなんかがバリバリとはがれた。

「うわ、ローションが乾いちゃってるのか、これ」

そんなことをしていると、汐栞も起きた。

「んんっ……望……？」

「気が付いたか、汐栞。っていっても、俺も汐栞も一時間ほど寝てたみたいだけど」

「えっ……？」

状況を思い出してない汐栞は、少し身体を起こしてあたりを確かめる。

そして感じる、お尻の違和感。

そこで何をしていたか全部思い出したらしく、恥ずかしがって薄い布団を頭からかぶる。

「おーい、汐栞さーん」

「やだ……恥ずかしいから話しかけないで……」

「そうは言っても……」

俺は布団をはがす。すると汐栞は両手で顔を覆っていた。

なので、俺はそれもはがす。

「もうやったあとなんだから、恥ずかしがらなくても」

「そう言われても……私、あんなに……」

「……どうだった？」

「どうだったって聞かれたら……」

汐栞は少し下半身をもぞもぞさせる。

「ぅ……お、おしり、ちょっとひりひりする……」

そう言って文句を言いたげにこっちを見てきた。

「よし、質問を変えよう……気持ち良かった？」

そう尋ねると、汐栞はびくっと身体を硬直させた。そして顔を手で覆ってコクコクと無言のまま頷く。耳まで真っ赤になっているのがカワイイ。

「いやしかし意外だったな。汐栞がお尻であんなになるなんて。普通、初めてだとあんなにならないと思うけど」

「うう……だ、だって……気持ち良かったんだもん……」

また顔を隠そうとするので、俺はその腕を優しく掴んだ。

「これは日々のエッチに取り入れていきたいところ」

「そ、それは絶対だめ！　絶対だめ！」

「……どうして？」

「ぅぅ……な、なんだか、戻ってこれなさそうだから」

「どういう意味？」

「き、気持ち良すぎて……だめになっちゃうってこと……！」

汐栞はそう言いながら、俺のことをポカポカと叩いてくるのだった――。

そして九月の中頃、待ちに待った旅行の日がやってきた。行き先は他県の温泉街だ。

二人で長距離の電車に乗ってしばらく移動し――田んぼアートが開催されているという駅で途中下車する。

無人駅を出てからすぐに、のどかな田園風景が広がる。

「ひゃ～～……すご～い」

汐栞は珍しそうに風景を眺め、目を輝かせる。

「私がこういう風景見てみたいって言ったの、覚えててくれたの？」

「うん、たしかそんな話したなぁ、って」

「うれしい～！　ありがとう！」

「しかしまぁ、絵に描いたような田舎だなぁ～」

「さっきの駅、誰もいなかった！　あんなの初めて～」

「俺も無人駅ってのは知ってるけど、実際に降りたのは初めてだな」

そんなことを喋りながら、田んぼの中の道を歩く。

「こういうの、ちょっと憧れるの。私の実家はあの街だから、田舎ってなくて」

「いやまぁ、俺だってこういうのどかな田舎なんてないけども」

「でも、おじさんのご実家のほうはちょっと離れてるんでしょ？」

「畑や田んぼはもちろんあるけど、ここまでじゃないって」

「ぅー、でもうらやましい」

「ふふふ……言っちゃなんだが、夏場は虫がすごいぞ」

「うっ」

「しかも街で見るのより巨大だし」

「ううっ」

汐栞は少しよろける。

「も〜、せっかく楽しんでるのに、水を差さないの」

「あはは、ごめんごめん。それよりちょっと歩くけど、暑いのは大丈夫？」

「うん、帽子かぶってるし、風がきもちいい♪　街より断然涼しい」

「都会はヒートアイランド現象で暑いからな〜」

そんな話をしながら歩いていくと、田んぼアートを見るためのやぐらが見えてくる。やぐらには階段がついていたので、簡単に登ることができた。

そして上から田んぼを見ると、田園にいくつもの絵が形作られていた。

「わ〜〜〜！　田んぼアートすごいー！」

「おお〜〜！」

この夏に公開された話題映画の登場人物や、芸能人なんかが大きく描かれている。

かなりの大きさで、こうやって目の当《ま》たり《あ》にすると結構圧倒される。

「すご〜い！　こ〜んなおっきいんだね〜。初めて見た〜！」

「俺も初めてだけど、実際に見ると迫力あるな〜」

「そうだね〜。わ〜……細かいところまできれいに色分けされてる〜」

「これ、ここから見てちょうどいいようになってるから、遠近法とかすごいんだろうな」

「そっか、そうだよね。は〜〜……いいもの見た〜〜」

汐栞は満足げに微笑むと、スマホを取り出して写真を撮る。

「あ、俺も撮っておこう」

いろんな絵をちゃんと全部写真に収めてから、俺たちはやぐらを降りた。

そして近所にあるという神社仏閣をいくつか巡ってから、目的地に向かうためにまた駅に戻って電車に乗った。


そんなこんなで結構ゆっくりしながら、目的地である温泉にやってきたのだが、まだチェックインまで時間があった。

なので、俺たちは先に温泉街にある土産物屋なんかを楽しむことにした。

「わ〜、お土産いっぱいだね〜」

汐栞は店内を眺めながら、楽しそうに微笑む。その横で俺はさっき貰った無料の観光パンフレットを拡げていた。

「何調べてるの？　お土産見ない？」

「いや、明日はここで一日フリーだし、何見に行くかちょっと調べようかと……汐栞、どこかリクエストある？」

「そうだなぁ～」

汐栞が俺の持っているパンフレットを少し覗き込んでくる。しかしお土産のほうが気になるらしく、すぐに目を離した。

「お任せで♪」

「お任せかぁ……夏だし、河原散策とか良さそうだなぁ。キャンプ場とかも併設のとこ」

「あ、いいかも～」

「近くのお店では、川魚の塩焼きも楽しめます、だって」

「それいいね、それは行きたい」

「よし、ここは予定に入れよう」

「お風呂もたくさんあるんでしょ？」

「うん、まぁ全部男女別だけど」

「当たり前だよ～」

「せっかくなんだし、汐栞と一緒にお風呂入りたかった……」

「そ、そうだけど……ほら、家で入ってあげてるじゃない……たまにだけど」

「まぁ、そうっちゃそうなんだけど……やっぱり温泉で入りたかったなぁ」

「温泉付き個室……お高かったもんね……」

「さすがにバイト代が全部飛んでしまう。まぁその前に部屋の空きがなかったけども」

「じゃ、次の楽しみにとっておいたって思おうよ」

「そうだな。これから旅行なんていくらでも行けるし」

「うん……♪」

正直なところ、ギリギリだったのに今回の部屋が空いてただけでも儲けものだ。

「それより、お土産見ようよ。色々あるよ～。他にもいっぱいあるし、お店回るだけで明日終わっちゃうかも」

「ははは、さすがにそれは……」

いや、汐栞ならなんだかありえそうな気がしてきたので言葉をとめる。

「しかし、お土産ってのはラインナップがどの地域でも似てるよな」

「ふふ、そうかも♪」

キーホルダーやら、そういう小物は似てる……気がする。

さすがに食べ物や名産品などは全然違うが。

「おまんじゅう買おうっと」

「もう買うの？　まだ来たばかりだよ？」

「これは、宿のお部屋で食べるぶん♪」

「部屋で食うのか……その発想はなかった」

「日持ちもそれなりにするから、残ったら箱だけ捨てて持って帰ればいいんだよ」

「なるほど……頭いいなぁ汐栞」

「えへへ～♪」

「食い意地が張ってるとも言う」

「なんですとー!?」

汐栞はそう言って笑うと、いつものようにグーでわき腹を小突いてきた。

「ははは、冗談冗談」

「も～、知らない～」

「あ、パンフレットに『漬物をぜひお土産に』ってあるぞ」

「それは宿のお部屋じゃ食べられないなぁ」

「いやいや、なんで宿に持っていく前提なんだ。名物なら夕食で出るだろう」

「あ、そっか。美味しかったら帰りに買っていこうね♪　それにしても他にも食べ物いっぱいあるな～。美味しそうだな～」

「ここで残念なお知らせですが、そろそろチェックイン時間です」

「えー！　もっと見たい～！」

「はいはい、宿にもお土産あるだろうし、そっちで見ようね～」

俺は汐栞と手を繋ぐと、そのままそっと引っ張って土産物屋を後にした。

フロントでチェックインを済ませて部屋に向かう。

そして部屋に入った俺たちは驚いた。

「お、おおお……」

「わぁ……いい部屋……！」

「なんか、ネットの予約で見た写真よりキレイだな」

「これ、結構お値段するんじゃないの？」

「いや……大丈夫……なはず」

なんだか入った部屋を間違えたかと思うほどだ。

「間違ってないならゆっくりしようよ。ふ〜〜♪」

汐栞は荷物を置くと、座椅子に座る。

「俺も俺も」

俺も座ると、背もたれに身体を倒し、足を伸ばした。

「それなりに歩いたから、ちょっと疲れたな〜」

「そうだね♪　温泉でほぐさなきゃ」

「いつ入ろうか。ごはんの後でもいいかな」

「うん、明日もゆっくり入れるしね。ごはんももうすぐなんでしょ？」

「うん、フロントの人がそう言ってた」

「じゃあ、ゆっくりしてる♪」

汐栞はそう言うと、立ち上がって窓からの景色を眺める。

「外もきれいだし、いいところだね〜。秋だと紅葉になるのかな」

「だと思うよ。そのくらいの時期は俺たちも大学あるからなぁ」

「次の長い休みはいつだっけ」

「春休みがまた二ヶ月近くあるはず。二月くらいからだったかな？」

「まだ冬だね。そっちも楽しみ♪」

「冬はやっぱりスキー旅行してみたいな」

「私、雪山も行ったことないから行ってみたい」

「こりゃまたバイトしなきゃな〜」

「ふふ、次は私もするから」

「いや、汐栞がバイトなんてお父さん許しませんよ！」

「え〜、なんでよお父さ〜ん」

汐栞はそう言いながらくすくすと笑う。

「は〜……それにしてもお腹すいたなぁ」

「お昼、家で作ってきたおにぎり食べただけだもんね」

「そろそろごはんが……」

などと言っていると、部屋に仲居さんが入ってくる。

「失礼いたします。お食事をお持ちしました」

「あ、はい。よろしくお願いします」

答えると、何名かの仲居さんがてきぱきと配膳を始めた。テーブルの上に結構な御馳走が用意されていく。

「思ってたよりすごい料理が来たぞ」

「うんうん、すごいすごい。ウチじゃちょっと無理だな～」

汐栞はうれしそうにスマホで写真を撮る。

「汐栞でも作れない？」

「うーん、まぁ……頑張ればなんとかできるかもだけど……いや無理かな……」

「無理そうか～」

「それに、こういうきれいな器や入れ物がないから、残念な盛り付けになっちゃう」

「あ～、なるほどなぁ」

「食べ物は盛り付けの見た目も重要なんだよ～」

「うんうん。今目の前にあるのを見ればよく分かる」

「ふふ、そうだね♪　っていうか、お腹鳴っちゃいそう」

「よし、写真も撮ったし早速食べよう！」

「えへへ、いただきまーす♪」

俺たちは、目の前に並べられた豪華な食事を楽しむことにした――。

食事を終えてから、俺たちは揃って大浴場へ。

さすがに一緒には入れないので、出てくる時間を決めて外で待ち合わせする。

「ふ〜〜、いいお湯だったぁ♪」

「うん、夏でもやっぱりお風呂はいいな。ってか汐栞、そんなに暑くなさそう？」

「えへへ、出てくるときにぬるいシャワー浴びたの」

そんな話をしながら、部屋へと戻る。

すると布団を敷きに来た仲居さんと鉢合わせになる。

「あ、どうも」

「失礼致しました。お布団、敷いておきましたよ」

「ありがとございます」

汐栞がぺこりと頭を下げる。それを見た仲居さんが、俺と汐栞の顔を交互に見た。

「もしかして、新婚さん？」

「し、しんっ……！」

いきなり聞かれたので、汐栞は動揺する。

「い、いいえ、俺たち、まだそんなじゃないです。付き合ってはいますけど……！」

「あら、でしたら、将来的にそうなるご予定？」

仲居さんはふふふと丁寧に笑いながらもぐいぐい来る。

「あ、ええと……それは……！」

慌てる俺たちを見て、仲居さんはクスクスと笑う。

「ごめんなさいね。それではごゆっくり」

仲居さんは意味深な感じに微笑むと、俺たちの横を通って廊下に出る。

なので俺たちは部屋に入って鍵をかけた。

「は～……びっくりしちゃったぁ。で、でも……し、新婚、さんに見える、のかな」

「う、そ、それは……どうなんだろな」

新婚というワードのせいで、俺たちは妙にギクシャクしてしまう。

なんとなく汐栞の顔をまっすぐ見れないので、敷かれた布団に目をやったときだった。

「ぶっ！」

「ど、どうしたの」

「し、汐栞、これ見て」

なんと、敷かれていたのは一組の布団だけで、そこに枕がふたつ置かれていた。

おまけに枕元には丁寧に、木箱に入ったティッシュが置かれている。

「え、ええと……これって……はっ!?　もしかしてさっきの『ごゆっくり』っていうのは、
そういう『ごゆっくり』……？」

「これを見るかぎり……そういうことなのかも」

「ど、どどどどうしよう！」

「と、とりあえず押し入れ！　さすがに押し入れに布団入ってるだろ！」

押し入れを開くと、もう一組の布団があった。俺たちは二人でそれを敷いて、上に座る。

「ふ、ふ～……ふたつあって良かったね……」

息を吐きながら、お互いの顔をちらりと見る。そこで目が合ってしまい、慌てて視線を逸らした。

ちらりと見ただけだが、汐栞は真っ赤になっていた。俺も顔が熱いので、同じようになっているんだろう。

無言になる俺たち。

しばらく無言のままいると、汐栞が少しずつ座り位置を変えて近づいてくる。

そして俺の隣にまで来ると、そっと寄り添ってきた。

なので、ドキドキしながら口を開く。

「……お風呂に入ったし……そろそろ寝ようか……？」

「………」

汐栞は何も言わない。

「それとも……」

そこまで言うと、汐栞は顔をこちらに向け、上目遣いで見つめてきた。

そして、『いいよ』と呟く代わりに、そっと目を閉じる。

なので俺は、汐栞の身体を抱き締めながら優しくキスをした——。


さすがに布団を汚すわけにはいかないので、俺たちは何枚か持ってきていたバスタオルをきっちり敷く。

そして改めて汐栞と唇を交わし合った。

「ん……ふぁ……それで、どうするの……？」

「そうだなぁ……俺がここに寝転がるから……汐栞はこう、上にまたがる感じで」

「ま、丸見えじゃない！」

「せっかくなんだし、普段やらないことやろうよ」

「ううう～～……そ、そういうこと言われると弱い……」

「ほら、流されやすい汐栞さんの出番ですよ」

「も、もう、茶化さないの」

ちょっと口をとがらせる汐栞。それを見て笑いながら、俺が先に寝転がる。

「ほら、早く」

「うぅ……しょうがないなぁ……」

汐栞は諦めたように言うと、言われた通りにシックスナインの体勢を取った。

「う、うわぁぁ……こ、こんな、恥ずかしい……！」

「うおお……こりゃ壮観……！　すばらしい景色……！」

「そ、そういうこと言わないでよぅ……ほんと恥ずかしい……こ、こんな、顔の上にまたがるなんて……！」

「まぁそういうプレイなんだし。それに汐栞はお尻も見られたでしょ」

「あ、あれはー！　はぅ……ぅぅう……」

先日のアナルプレイもかなり恥ずかしい記憶らしく、汐栞は顔を真っ赤にして茹で上がったようになる。

「とにかく、これでお互いのを舐め合うのが、シックスナインっていうの」

「……ぅぅ……」

汐栞は、自分の目の前にあるものをまじまじと眺めている。

「こうやって近くで見ると、やっぱりすごい迫力……」

汐栞がペニスにちょんちょんと触れる。

「お、お風呂に入ったから……キレイ……だよね？」

「うん、こんなこともあるかもと思って念入りに洗っておいた。汐栞は？」

「わ、私も……一応……って、言わせないでよぅ」

「聞いてきたのは汐栞なのに……まぁいいや」

俺はそう言うと、目の前にある汐栞のぴったり閉じた割れ目を指でつつっとなぞった。

「ひゃぅ……！」

「相変わらずいい反応」

「だ、だって……望に触られるって思うと……」

「俺もそうだから、汐栞に早くしてもらいたいなぁ」

「ぅぅ……じゃ、や、やります」

汐栞はまたペニスをじっと見つめると、指で弄る。そして手で竿の部分を掴むと、そっと顔を近づけた。

「んぇぁ……れろ……」

舌をいやらしく伸ばしながら、ねっとりと亀頭に這わせる。熱い舌がくっついた感触に、俺のモノはびくんと脈動した。

「ううっ……き、気持ちいい……」

「ほんと……？　じゃあ……もっと……ん、れる……ちゅぷ……」

喋ったあと、またペニスに舌を這わせる汐栞。

その快感に身を委ねながら、俺は少し蜜が垂れてきている膣口を指で弄った。

「んんっ、んぁああっ……」

すると、中の愛液が糸を引きながら滴り落ちてきた。

「うわ……もう濡れてる」

「だって……こんな恥ずかしいの……っ」

「前戯とかいらないなぁ、これだと」

「じゃあ……する？」

この体勢が恥ずかしい汐栞は早く次に移りたいようだ。しかしそうはいかない。

「いや、舐めるのは舐める。舐めまくる」

「やっぱりー！」

俺は開いた割れ目に顔を近づけると、そこに吸いついた。

「ふぁぁぁあああっ!?　あ、ちょ、やめっ……やめてっ……ひぁ、あ、ああっ、クリ……そんな、吸うなんてっ……！」

いつもは指で弄られてばっかりなので、吸いつかれるのはまったく慣れていない。

なので汐栞はフェラのことも忘れて身体をよじった。

「んんっ……あ、ぁっ……こ、腰……震えちゃう……ふあっ……あ、きもち、いっ……」

俺はクリトリスに狙いを定めると、今度は汐栞と同じように舌でねっとりと舐める。

「ぁぁああ……っ！　なんか……ざらざらして……ひぁ……あ、んんっ……やぁっ……は、恥ずかしいのと気持ちいいのが一緒になって……す、すごいよぅ……」

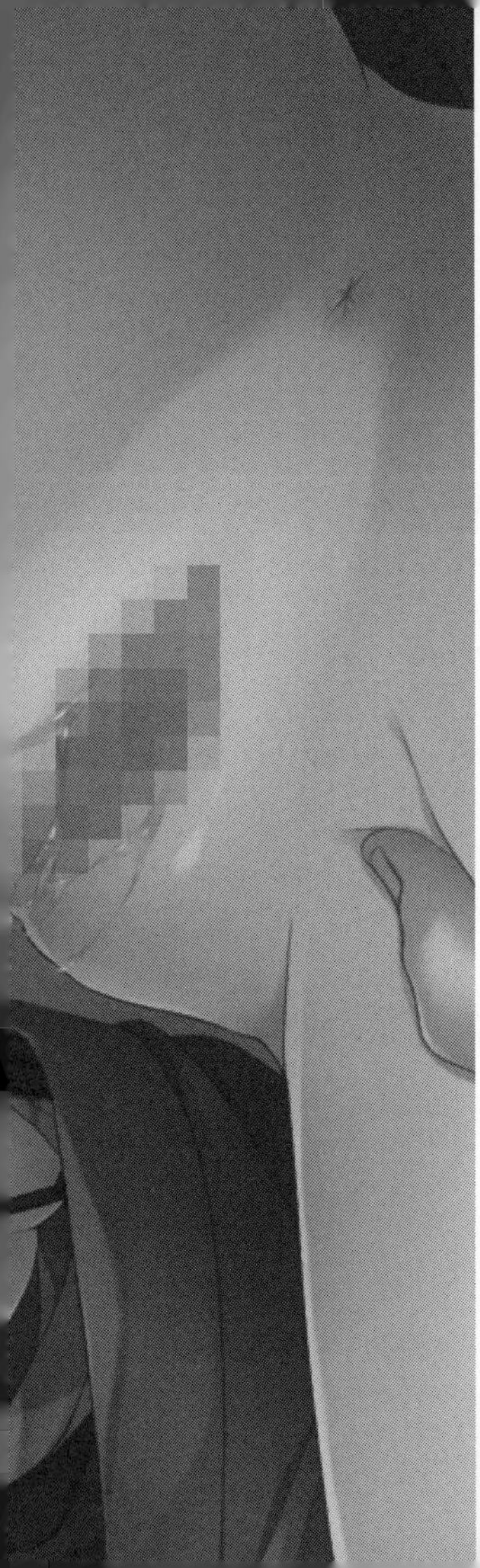

「ん……汐栞のクリ、可愛いよ？　だからいっぱい舐めちゃう」

「ひぁ……あ、んっ……そ、それ……一番敏感だからっ……こっち……舐められなくなっちゃう……」

「あ、それは困る」

俺はクリトリスへの刺激を緩め、さっきから愛液を垂らしている膣口に狙いを変えた。その窄まった小さな穴に舌を差し込み、膣内をかき回す。

「んぁぁあ……っ……んんっ、し、舌……入って……ひっ、あ、あぁあっ……ぐねぐねしてるっ……」

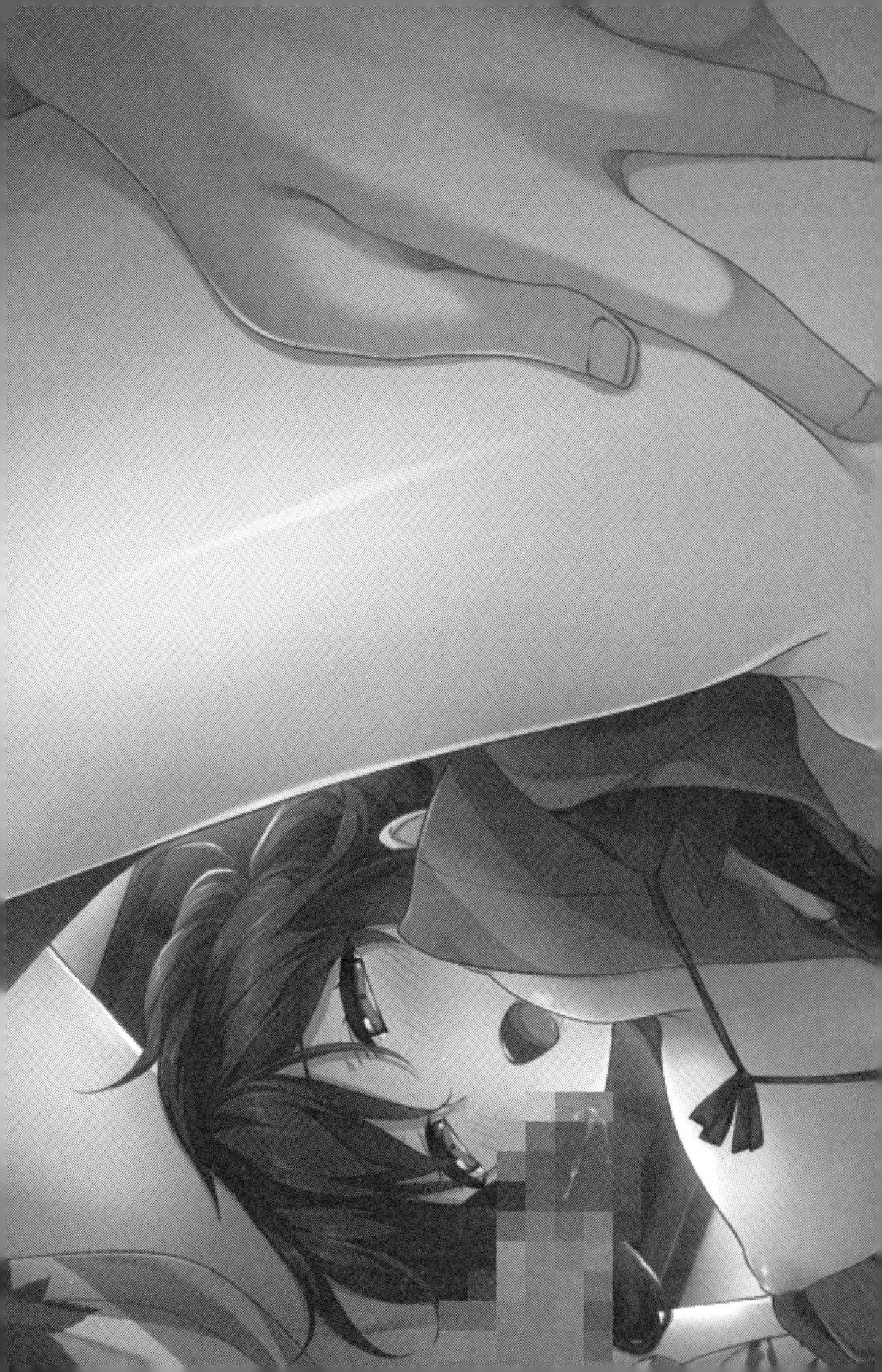

舌を入れるととろっとした愛液が流れ出してきて、口内が一気にその味になる。

俺はそれを飲み込みつつ、汐栞の小さな膣口を舌で舐めた。

「ふぁぁっ……ぁ、あぁっ……やだぁ……ああっ、おまた……舐められてるよぅ……」

「もしかして初めてだっけ？」

「だ、だから恥ずかしがってるのー！」

「これは大変だ、これから毎日舐めないと」

「そんなぁー！」

「ほら、汐栞ももっとお願い」

「ぅぅう……ちゅ、れろ……れろ……はむ……んっ、れろ、ちゅ、んっ……ちゅぅ……」

汐栞はまた俺のモノへと舌を絡めてくる。なので、こちらも膣口に舌を差し込んだ。

「はむ……んぅ、んぐ、れろ……んぶ、んんんっ……」

汐栞は亀頭を口内に含むと、唾液たっぷりの舌を擦りつけてきた。

口内だけでも熱いのに、そこにねっとりと舌と唾液が絡み付く心地よさ。

思わず腰が浮きそうになるが、汐栞の喉を突くわけにはいかないので、必死で堪える。

「んううっ！　んふーっ……んぐ、ぢゅるる……んっ、んんっ……」

俺も負けないように割れ目を舐め回す。

汐栞も俺と同じように感じているようで、膣口に入れた舌を締め付けてきた。そして、掴んでいる内股がヒクヒクと痙攣する。

「んふっ……んっ、ちゅ……れろ……んぅぅっ……ぷぁっ……！　はぁ、はぁっ……あ、やぁ、あぁぁっ……そこっ……すごい……し、舌……熱くてきもちいいっ……！」

「汐栞の舌もすごくいいよ。ずっとビクビクしてるでしょ？」

「うん……」

「だから、一緒に……」

「うん……はむ……んぅ、れりゅ、ぢゅる……んん、んふぅ……」

またお互いの性器を愛撫する俺たち。そのうち、一心不乱にそこを愛撫するようになる。

「んぁっ、は、あぁっ……あ、あむっ……んっ、んぐっ、あむあむ……」

ときおり、息継ぎするために口を離す汐栞。その際に気持ち良さそうな喘ぎ声を漏らす。

二人の股間はお互いの唾液で濡れており、薄明かりで妖しく光っていた。

「んんっ……ふぁぁっ、あ、あぁんっ……んむっ……ちゅぶっ、ちゅぶっ……んぐ……」

今度はまたクリトリスに舌を持っていき、そこを優しく転がす。すると汐栞は、俺のモノを咥えたまま喘いだ。

「んぐっ……ぅぅ、んっ……ぢゅる……んぶっ……ちゅぐ……んんんっ……！」

くぐもった声が口内で響くのが気持ち良くて、それをもっと味わうため、俺はさらに汐栞の敏感な部分を責める。

「んっく、んっく……んんっ……んっぷ……ぢゅるるっ……ずじゅる……」

汐栞は唾液と先走りの混じったものを塗りたくってはまた舐める。吐息や唾液の熱さに、もうペニスが溶けてしまいそうなほどだ。

「んんっ……ぷぁっ……はぁ、あ、あぁぁあっ……！　ひぁ……あ、ぁあっ……」

そして口を離したかと思うと、腰を震わせながら喘ぎ声を漏らす。

「んんっ……ずっと舐められてて……もう限界っ……うぁ……んんっ……」

とろとろと愛液が膣口から溢れてくる。

最初は閉じていたその穴も、舌を入れられ続けて口を開け、ヒクヒクと蠢いていた。

「んぁあっ……あ、ぁっ……き、気持ちいいのが……なんか芯に残ってる感じ……」

「俺もそんな感じ……」

二人とも何度か息継ぎをしたあと、またお互いの性器へとむしゃぶりつく。

「んっ、んんっ、んふ、ちゅぷ、れる、ん、ぢゅる……んぅぅ……」

音を立てながら、お互いの一番感じる部分を責める。なので、二人とも声さえ出さないが、身体を何度も震えさせて身じろぎしていた。

それでも、なんとか愛撫を続ける。

「んんんっ……んっく、んっ、ぢゅる……ちゅ、ちゅう……はむ……んっ、ぢゅぷ……」

「んんっ……し、汐栞っ……もうっ……！」

「わ、わらしもっ……いっひょにっ……」

俺たちはそう言い合うと、最後にまたお互いの秘部に吸いついた。

「はむっ……ず、じゅるるっ……ちゅぅぅぅっ……ずじゅるるるるっ……！」

汐栞は亀頭を、俺はクリトリスを強く吸い上げると、その次の瞬間、二人とも同時に頂点に達した。

「んぁ、あ、あぁあぁあぁあぁああぁあぁぁぁぁああぁあっっ!!」

喘ぐために口を離してしまった汐栞。

その顔に向けて、俺は溜まりに溜まったものを先端から吐き出す。

そして汐栞のほうも頂点を迎え、目の前にある割れ目から大量の潮と愛液が吹き出した。

「んぁあっ……や、あ、ああっ……せ、せーえきっ……顔にっ……！」

ペニスが暴れまわり、汐栞の顔にびしゃびしゃと白濁液をぶつけていく。汐栞はそれを手で抑えると、亀頭に吸いついた。

「はむっ……んっ……んぐっ……んぐっ……！」

そして口内に放出されるものを飲み込んでいく汐栞。

「んっ……んっ……ごくっ……ごくんっ……ごほっ！」

しかし量が多く、飲み込む途中でむせてしまい、汐栞はペニスを吐き出して咳き込む。

「けほけほっ……！　んぇ……こほっ……こほっ……」

「だ、大丈夫か？」

「うん、だ、大丈夫……ちょっとむせちゃっただけ……」

汐栞はそう言うと、また亀頭を咥える。

「んむ……ちゅ、ぢゅる……んくっ……んくっ……」

そして尿道に残った精液を吸い取ると、また喉を鳴らした。

「んっ……ず、ぢゅる……ちぅ……ちゅう……んんっ、ごく……こくん……んぅ……っ、ぷはっ！　はぁ……はぁ……はぁ……」

そしてようやく口を離すと、肩で息をした。

「んんっ……気持ち良かったよ、汐栞」

「えへへ……の、望のも……気持ち良かった……私もイッちゃった……」

そう言いながら、股の間からこっちを見てくる汐栞。

その目に入ったのは、顔中びしょびしょになっている俺の姿だった。

「……ぷっ……ふふっ、あははっ……か、顔……びしょびしょ……ふふふっ……」

「うん、全部汐栞がやったんだけどね」

「ま、まさかそんなになってるなんて思わなくて……」

そりゃ、上からあれだけ愛液と潮を撒き散らされたらこうなる。

「でも、ほんと気持ち良かった……恥ずかしいのは恥ずかしいけど……どさくさに紛れてお尻も弄ってくるし……」

「あはは、前に一回やったし、いいかなって」

「うぅ……あんまり良くないけど、気持ち良かったから許してあげる」

「うん、ありがとう」

そして俺たちは、とりあえずその体勢を崩した。


「望、次はどうするの？」

「うん、さっき言ったこと覚えてる？」

「さっき……？　なんだっけ」

「せっかくだし、普段やらないことやってみようって」

「そういえばそんなこと言ったような……」

「なので、ちょっと汐栞にはこっちに来てもらって……」

「うん？　こっち？」

俺は汐栞の手を引いて、広縁……いわゆる旅館の窓際スペースに移動する。

「ここで汐栞には椅子に座ってもらって……」

「うん……？」

俺は座った汐栞を、何本かの帯で手早く縛った。

あんまりきつく締めすぎないように注意しながら、だ。

「え、あれ？　あれれ？」

「ふう……これでよし」

「そ、そうじゃなくて！　なんで縛ってるのー？」

「普段やらないようなことを……」

「え、ちょっと、ホントにこのままっ？　ね、望？」

俺はまだ唾液で濡れたままのモノを、汐栞の股間にあてがう。

「よし、それじゃ……」

「よ、よしじゃなくて！　このままっ……んぁ、や、ぁぁあぁぁあっ……！」

手足を縛られて動けない汐栞の膣内に、俺は硬くなった自身を埋没させた。

「ふぁぁあ……あ、んんっ……ちょ、いきなり……ひぁ……ぁ、ぁっ……んんっ……ふぁ、あ、ぁあっ……さ、さっき、ずっと弄られてて、熱いのが溜まってるから……」

奥まで突き入れると、汐栞は身体をビクビクと痙攣させた。

しかし、手足を動かそうとしても、椅子がギシギシ言うだけで身動きが取れない。

「あ、こ、これっ……んんっ……動けないから……結構きつい……かも……」

「くうっ……し、汐栞の中が、いつもより違うというか……うねりがすごい……」

「んんっ……あ、ぁあっ……だ、だって、こんな動けないの……初めて……ね……さ、さすがにこれはやめよう……？」

「ごめん……なんかこの格好の汐栞見てたら……ここ、ガチガチになっちゃって……」

「あぅ……ほ、本当だよぅ……いつもより硬い気がする……」

　汐栞が自分の内部にあるモノの硬さに気付くと、膣内が勝手にキュッと締まった。

「んぁっ……いつもの……ひと回りくらいおっき……ひぁ、ぁあっ……」

　少ししか身じろぎできないのに、快感で膣内の形が変わるので、俺のモノをいつも以上によく感じ取ってしまう。

　なので汐栞は、またお腹をヒクヒクと痙攣させた。

「んぁっ……あ、ぁあっ……はぅ……んんっ……」

「とりあえず、俺のが小さくなったらほどくから……お願い」

「うう……絶対だよ……?」

「うん、絶対。約束する」

まぁ……こうやってるのがすでにひどいことのような気もするけど……せっかく許してくれたので何も言わない。

「よし……それじゃ……動くから」

「うん……んぁ、あぁ……あぁあっ……んんっ、あぁあっ……あ、く、ふぁぁあ……っ」

俺は椅子を持って、汐栞の内部を擦るために腰を前後させる。

「ひぁぁあ……んんっ、いつもよりおっきいから……ちょっと苦しい……」

少し膣内を慣らしたあと、俺は目の前にある乳房を掴んだ。そして両手でよく揉み込む。

「んぁっ……はっ……あぅ……んふっ……おっぱい……絶対揉むよね……んんっ……」

「これを触らないなんて手はないからな。柔らかいし大きいし……」

身動きできないのをいいことに、汐栞の胸をゆっくりとこねていく。

「はっ……あ、ぁあっ……んぅ……ぁぁ……きもちい……はふっ……ぅぅん……」

「こっちもきゅって締まっていい感じ……」

「やぁ……あんっ……んふっ……ふぁぁ、ああっ……」

膣内に自身を埋没させたままなので、どこを触ったら膣内がどういう反応をするかというのを楽しめる。

なので、俺は次に乳首を軽く抓んだ。

「んっ……！　あ、やぁ、引っ張らないでぇ……んんっ、ふぁぁ……」

「ホント、乳首もピンク色だし、可愛い……」

「んんっ……こういう状態じゃなければうれしいけど……あっ、や、んんっ……」

腰を少し揺らして内壁を擦りながら、また乳房全体を大きく揉み込む。

「ふは……ぁ、あぁぁ……んんっ……ふはぁっ……」

胸が圧迫され、肺から空気が漏れる。しかし感じてもいるので、その吐息は艶めかしい。

「んんっ……あぅぅっ……く、うんっ……」

「んんっ……汐栞……」

「ふぁぁっ……あ、んんっ……あ、んんっ……また、おっきくなったっ……んんっ、お、おなかのなか……めいっぱい拡がってる……」

「汐栞の中もすごくキツイ……ずっとぐねぐねしてる」

「ふぁぁっ、あ、ぁあっ……ひ、あっ……」

いつもより少し大きいので、異物感のために膣内が外に出そうとしているのだろうか。

そういう感じに膣内が動いていて、俺のモノの表面を波のように這い回る。

「んぁ、ぁあっ……んぅく、ふぁぁっ……」

　ちょっと腰を揺らすと、動かない身体をよじる汐栞。

「んんっ……ふぁぁあ、ああっ、んんっ……もっと奥っ……ちょうだい……！」

　汐栞はまだ動く膝から下を使って、俺の身体をぐいっと引き寄せた。そのためさらに結合が深くなり、先端が汐栞の子宮口に激しくぶつかる。

「うぁあっ……！　奥……押し上げられてる……っ！」

「おおお……みちみちだから締め付けがやばい……！」

「ぁっ、あぁあっ……望の、んんっ……いっぱい擦れるっ、ふぁぁっ……あぁんっ……あううっ……そのまま、ぐりぐりしてぇっ……」

　そう言いながら、汐栞は自分の足で俺を捕まえたまま放さない。

「んんっ、こうなったらとことんやるしかない……！」

　俺は汐栞の乳房を掴みつつ、さらに勢いをつけて最奥を何度もたたく。

「あうっ！　んっ！　うぁっ！　あ、ああっ！　おなかっ……響くっ……んんっ！」

「うあぁぁあ……すごい締め付け……！」

　汐栞の膣内がぎゅううっと収縮する。すると、内部に溜まっていた愛液が吹き出してきた。それは汐栞のお腹のほうにまで飛び散り、月明かりに照らされて妖しく光る。

「はぁ、はぁっ……あ、ううっ……んぁぁっ……」

「く……汐栞……お、俺もそろそろヤバイ……」

「んんっ……うん……望の……おなかの奥にほしい……いっぱい気持ち良くして……」

「うん、分かった……！」

俺は汐栞の足を掴むと、硬いペニスを一気に捻じ込む。

「んぁぁああっ……！」

ストロークの幅も大きくし、Gスポットから子宮口まで全部を擦り上げるように動いた。

「うおおおお！」

「ああっ！　あうっ、んんっ、ふぁぁっ！　んぅっ、お、お腹っ……すごいっ……ひぁ、あ、ああっ……全部擦れてるっっ……！」

汐栞の膣内はものすごく熱くなっており、こうやって挿入するだけで達してしまいそうなほどだ。しかし俺はそれをなんとか堪えて、何度もペニスを往復させた。

突き入れるたびに、汐栞が身体を捩りながら声を上げる。

「ふぁぁああっ、あ、あぁあっ、あんんっ、んんっ！」

「あぁあっ……く、汐栞……！」

俺はペニスで汐栞の最奥をグリグリと刺激する。

前戯のときからずっと快感に晒され続けているので、子宮がもうかなり下がってきているのだ。そしてそこを刺激されると、また締め付けがきつくなる。

「んぁっ、や、ぁ、ぁあっ……ひゃ、ぁああっ！　お、奥っ……押し上げられっ……おなかっ……子宮が持ち上げられてるっ……!!」

「うぁ……中がすごいビクビクしてる……！」

「くっ、う、うぁああっ……だ、だって……そこ、きもちよすぎ……！」

しかし俺はさらに動き、その子宮口を何度も亀頭で小突いた。

「あ、ぁあっ、やっ、いま動かしちゃだめぇっ……うぁあぁああっ」

子宮口を叩かれて小さな波がきているところにさらに刺激を加えられ、汐栞が悶える。

太ももは断続的に痙攣を繰り返し、それに連動して、膣内も激しく収縮する。

「あうっ、んんっ、ふぁぁあっ、あ、ぁああっ！　く、んんんっ……！」

「んんっ……も、もっと……汐栞の中……擦る……っ」

「ああぁっ！　おなかっ……ぐちゃぐちゃに……掻き回されて……ひぁあぁあ……っ！」

収縮で狭い膣内を、いつもより大きな俺のモノが何度も往復する。そして最奥にある子宮口を叩かれるたびに子宮に衝撃が伝わり、快感となって汐栞を包む。

「ふぁあっ、あ、あぁあっ、んんっ！　おなかっ……熱いっ……ああぁっ！　ずっと……子宮が揺れてっ……あんっ、んんっ……！　こんなの、ガマンできないようっ……！」

「ガマンせずに、いくらでもイッていいから……！」

「すご……うぁ、あ、ああぁっ、望のっ……は、激しいっ、ひぁ、あぁああっ！」

汐栞はまた軽く達したらしく、膣内がまた狭くなる。

柔らかい膣壁が俺のモノを押し潰し、ぐねぐねと形を変えた。その感触がすべてペニスに伝わってくる。

「うぁあ……！」

物凄く気持ちがいい。ということは、膣壁が擦れている汐栞もそうだということだ。

「んぁあっ、あ、ぁああっ、あうっ、う、ううう～～っ！　んんっ、あ、ダメっ、ずっと……小さいのが来て止まらないっ……！」

「俺も……そろそろヤバイからっ……」

「ふぁぁああっ、あ、んんっ、く、うぁああっ！」

「あぁあっ……あ、く、ううっ……お、おなか……感覚なくなりそうっ……！」

汐栞は大きく身悶えしながら嬌声を上げる。

ずっと開かれている口からは唾液が零れ、その胸元へと垂れていった。

「んぁあっ、あ、ぁああ～～っ！　はう、んっ、うぁあっ、あぁああっ！」

突き入れるたびに汐栞は軽く潮を吹き、俺のおなかのあたりを濡らしていく。

それでも俺は腰の動きを止めず、汐栞の内部を貫いた。

「んんっ、ふっっ、あ、あぁぁっ！　んっく、うぁ、あぁああーっ！」

「んんっ……汐栞……っ……！」

「あぁあっ、うんっ……わ、私もっ……一緒にっ……ひぁ、あぁあっ、あああっ！」

俺は汐栞の乳房を掴みながら何度も抽送を行い、射精感を高めていく。

汐栞のほうも大きく口をあけながら喘ぎ声を漏らし、何度も俺を迎え入れる。

「ぁあっ、んんっ、く、ふぁぁあっ！　あぁあっ！　んんっ、あ、ああっ！　んんっ……わ、私っ……イクっ……うぁ、あ、ああああっ……！」

「もうちょっと待って……！」

「も、もう……待てないっ……早くっ……私のなか……いっぱいにしてっ……んんっ……ふぁぁっ、あ、あああああっ！」

「もうすぐ……だから……っ！」

俺はさらに腰のスピードを速くし、汐栞の内部を何度も突き上げる。

身動きできない汐栞はそれを受け入れるしかなく、襲いかかってくる快感をなんとか堪え続けた。

「ぁあっ、あ、んんんっ、ふぁあぁあっ！　あぁああーっ！　んぁあっ、ひゃ、あ、あぁあっ！　んんっ……お、大きいの……来るっ……！」

「俺ももうイクっ……汐栞……！」

「んぁぁっ、あ、い、イクっ……ぁぁあぁぁあぁぁあーーーっ……!!」

汐栞が全身を激しく硬直させるのと同時に、俺も頂点を迎えた。

硬直による力みと収縮のなか、俺は汐栞の胎内へと、溜めていた精液をぶちまけていく。

「ふぁぁあぁああっ！　あ、んんっ！　望の……せいえきっ……ひぁ、あ、ああっ！　すごい出てる……！　こ、こんなのっ……またイッ……ひぁ、ぁぁああああっ……‼」

縛られているせいで逃がせない快感が、汐栞の中で大きな渦を巻く。そのため、快感の波が何度も押し寄せてきているようだった。

「んぁあっ……ひゃ、あ、ああっ、んんっ！　と、とまらなっ……ふぁぁあっ、あ、ぁぁあっ！　ま、またっ……んんんっ！　ふぁぁあっ、あ、イッ……ひぁぁああっ……！」

「く、まだ出る……」

汐栞の姿に興奮していた俺は、あれだけ出しながらもまだ射精が収まらなかった。

彼女の子宮をすべて埋め尽くした精液が、結合部分から溢れ出してくる。

「うぁあっ……あ、ぁあっ……あぁあっ……はぁっ……はぁっ……」

そしてようやく射精が落ち着いたところで、汐栞は恍惚の笑みを浮かべた。

「んぁあっ、ひゃ、あぁあっ……んんっ、だ、めぇっ……」

「んんっ！　く、うぁ……汐栞……っ！」

「ひぁあっ……あ、あぁあっ、望……う、あぁあっ……！」

「んんっ……汐栞……！」

「あううっ、んんっ、ふぁ、ああっ……あぁっ、もう……何回もイッて……うぁあっ……あ、ああぁっ！」

あれから一時間ほど……俺のモノはまったく萎えることがなく、勃起がおさまらないので、汐栞と行為を続けていた。

しかし汐栞のほうはもう何回も達しており、だいぶぐったりしてしまっている。

いや、何回も達したのはこちらも一緒だ。

その証拠に、汐栞は俺の白濁液まみれになっていた。

「んぁあっ、ひゃ、あ、あぁあっ……んんっ、ふぁっ……だ、めぇっ……もう、イッ……イキたくな……ぁあっ！　か、身体っ……震えて……あぁっ……う、んんっ！　もう……ぐちょぐちょ……だよぅ……っ」

「ううう……汐栞……！」

「ふぁぁあっ、あ、ぁっ、あう、んんっ！　ぁあっ……望っ……ふぁっ、あ、ぁあっ！　どれだけ出るのぉ……っ、私っ……も、もうっ……身体が言うことをきかない……」

もう完全に疲れ切っている汐栞だったが、何度も膣内を擦られ、子宮を突かれ、強制的に快感に晒される。

そうやって強引に引き出された快感は、もちろん、身動きできないので逃がせず、汐栞の中に留まり続けた。

「あううっ……く、ふぁぁっ……あ、きついのにっ……またっ……またイクっ……ふぁぁあぁあっ……あ、あぁあぁあぁっ……！」

また全身をわななかせて頂点を迎える汐栞。

それと同時に、俺は何度目か分からない射精を行った。

膣内に放出した後、ペニスを抜くと、そこからさらに白濁液が飛び出し、汐栞の身体に降りかかっていく。

「はーっ……はーっ……あ、ぁあぁあっ……」

そしてようやく打ち止めとばかりに最後の一滴を搾り出す。

それは汐栞の顔に付着し、とろりと流れて口に吸い込まれた。

「んぁ……望の……せいえきの味……♪」

汐栞はそのまま、恍惚の笑みを浮かべる。

「あぁあ……き、気持ち良かったぁぁ……♪」

「お、俺も……こんなに出るとは……」

「はぁ、はぁ……も、もう……身体中べとべとだよぅ……」

「ごめんな、今、外して……」

「ううん……も、もう少しこのままで……」

縛っている帯を外そうと手を伸ばすと、汐栞がそう言って制止してくる。

「え……？　でも……」

「まだ……気持ちいいの残ってるから……味わってたい……」

汐栞はそう言って微笑む。

「はぁ……はぁ……で、でも……縛られただけで、望がこんなになっちゃうなんて……」

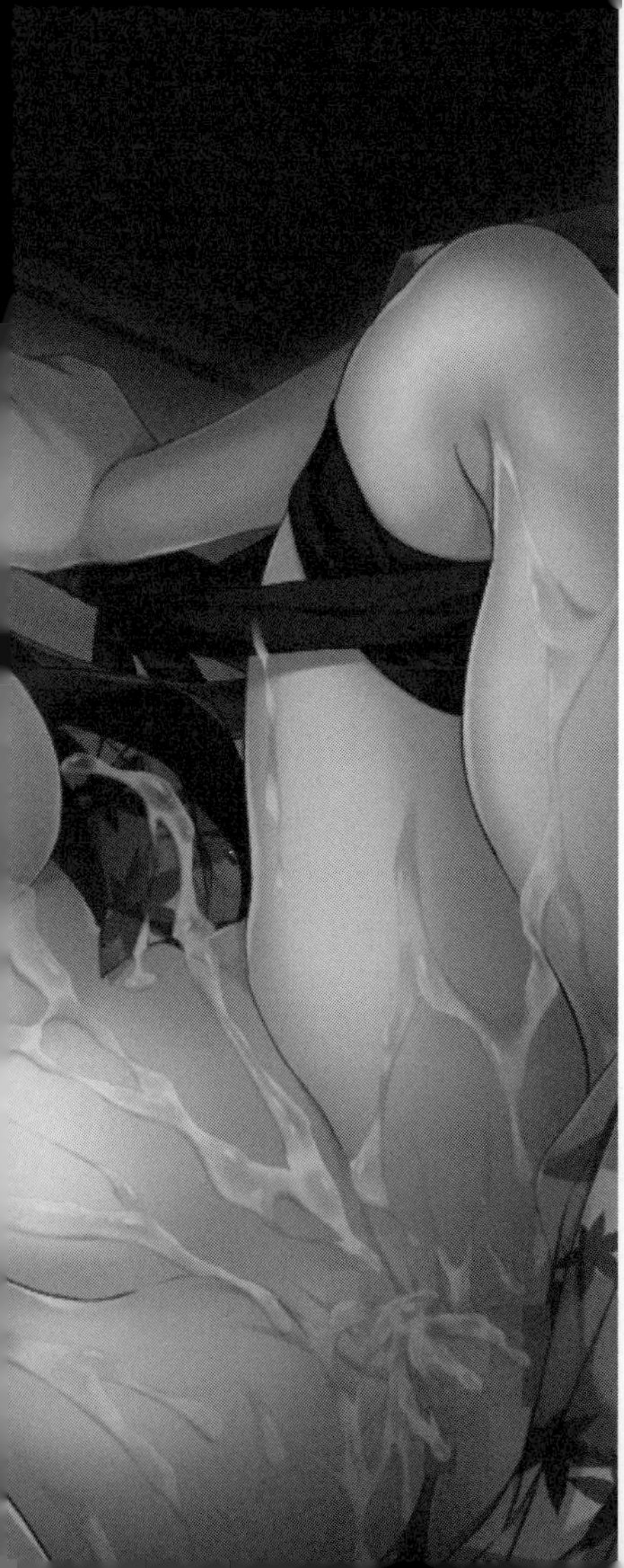

「いや……なんて言っていいか……我を忘れてしまった……ごめんなさい」

「ううん、私も……こんなに気持ち良かったの初めて……それに、こんなになるまでしてくれるなんて、ホントに私のこと好きなんだなって……」

「そりゃもう。汐栞はいつまでも俺の一番だ」

「ふふっ、私も……♪」

汐栞はそう言ってうれしそうに微笑んだ。

「ね……望？」

「……ん、どうかした？」

「ちゅー、してほしいなぁ……♪」

「うん……」

俺は汐栞に顔を近づけると、そのまま唇を重ねる。

そうして……旅行の日の夜が更けていったのだった——。

エピローグ　アフターデイズ

とても思い出深い旅行から帰ってきて数日。

もうあと一週間もすれば大学の後期が始まるということで、俺たちは残りの休みをのんびりと過ごしていた。

「あ、この写真、よく撮れてるね」

「いい感じに映ってるな〜」

俺は二人で撮った写真を全部ノートＰＣにコピーして、一緒に見ていた。

「このあたりの風景は望が撮ったの？」

「うん。風景だけの写真ってあんまり撮ったことないけど、いいなぁ。写真にハマる人が多いのも分かる」

「写真、趣味にしちゃう？」

「いや……聞いた話だとレンズとか色々とお金かかるみたいだし……やめとく」

「そうなの？　おいくらくらい？」

「いいものはウン十万とか……」

「そんなに」

「まぁ、今の俺には高い買い物というか買えないし、スマホとデジカメで十分だよ。こうやって楽しく見られればそれでいいんだ」

「そうだね♪」

汐栞は微笑みながら、次の写真を表示していく。

「田んぼアートのところだ～」

「これはダイナミックで良かったな～。来年も行けたら行きたい」

「どんな絵になるのかな」

「情報を入れないようにしないとな～。すぐニュースでやったりするし」

汐栞がまた次の写真を表示させていく。

しかし、今度は十枚以上、汐栞の写真ばかりだった。

「な、なんで、私ばっかり。ていうか、いつの間にこんなの撮ってたの～？」

こっちを向いていない、別のことをしているときの何気ない写真。

自然な表情がとてもよく出ている。

「うんうん、汐栞の可愛さがよく写せてると思う」

「そ、そうじゃなくてぇ」

「そりゃ、写したいから写したんだし。俺の思い出なのだ」

「はぅぅ……照れる……」

汐栞は恥ずかしくなったのか、画像送りのペースを上げる。

すると今度は、俺の写真ばかりになった。

「……とか言って、汐栞も同じことしてるじゃないか」

「そ、それは……当たり前だよ〜！」

「開き直った」

「す、好きな人の写真、撮りたいし」

「スマホでいつでも見たいよね」

「えへへ、そうそう」

汐栞は自分のスマホを大事そうに両手で持つ。

「それにしても、思った以上に二人で撮ったのがないなぁ」

「二人だけだったから、誰かに頼むしかないもんね」

「でも、これはうまく撮れたでしょ？」

横に二人並んで、汐栞が手を伸ばして自撮りした写真だ。

「これ、ほんといいな〜。こういう自撮りももっと撮れば良かったかな」

「どうしても似たような写真になっちゃうけどね〜」

「あ〜、それはあるかぁ。あと全身入れにくいしなぁ」

「やっぱり、誰かに撮ってもらうのが一番かな」

「よし、次の旅行では積極的に頼もう」

「うん、またどこか行きたいね。一緒に」

「うん、一緒に」

そう答えると、隣に座っている汐栞はうれしそうに微笑み、俺の肩に頭を乗せてきた。

そして、汐栞のお気に入り写真をいくつか選び、プリントアウトする。

「よし、できたよ」

「うん、ありがと♪」

汐栞は写真を受け取ると、買ってきたコルクボードに可愛らしい画鋲で留めていく。

「おぉ、こうやるとオシャレなもんだ」

「うん、いつでも見られるし、見たらそのときのこと、思い出すでしょ？」

「そうだなぁ。俺なんかデータをＰＣの中に入れっぱなしだからな」

「消えちゃったりするんじゃない？」

「いくつかバックアップは置いてるけど、消えるときは消えちゃうからなぁ。そういう意味じゃ、こうやって紙媒体にしたほうが長く残るのかもしれない」

「そうなんだ〜。せっかくの思い出だし、長く残したいよね」

「うん、二人の新しい思い出だもんな」

「クリスマスのデートのとき、もっと写真撮っておけば良かったなぁ」

「あのときは二人とも、それどころじゃなかったもんな。もうずっとドキドキだったし」

「そうそう♪」

「じゃ、今年もまた同じようにデートしようか。今度はいっぱい写真撮ろう」

「うん、二人いっしょの思い出、これからもっともっとたくさん増やしていこうね♪」

汐栞はそう言って柔らかく微笑み、うれしそうにそっと抱き着いてくるのだった――。

おわり

あとがき　もみあげルパンR

どうも皆様、ノベルを担当しましたもみあげルパンRです。

『アイカギ』の後日談となります『アフターデイズ』ということで、前作以上に汐栞ちゃんと甘い生活が楽しめるのではないかと思います。

興味を持たれた方はぜひともゲームのほうもよろしくお願いいたします。

ノベルのお仕事はまだ二回目なのでやはり緊張しますね。

ゲームのシナリオともまた違うところがあって難しくもありますけど、そこがまた楽しかったりもします。

機会があればノベライズだけでなく、オリジナルで何かエッチなのをやってみたいところではありますね～。

次があるかはまだ分かりませんが、またいずれ、どこかでお会いできればと思っております。

最後に、あざらしそふと様、編集担当様、そして読者の皆様に多大なる感謝を。

ぷちぱら文庫

アイカギ ～アフターデイズ～
恥《は》じらい幼馴染《おさななじみ》と
もっとドキマギ同棲《どうせい》ライフ

2021年 10月 15日　初版第1刷 発行

■著　　者　もみあげルパンR
■イラスト　ぎん太郎
■原　　作　あざらしそふと

発行人：久保田裕
発行元：株式会社パラダイム
〒166-0004
東京都杉並区阿佐谷南1-36-4
三幸ビル4A
TEL 03-5306-6921
印刷所：中央精版印刷株式会社

　PP407

既刊案内
アノカギ
恥じらい幼馴染とドギマギ同棲ライフ
私の部屋でいっしょに暮らしてみない？
ぷちぱら文庫 373
著 もみあげルパンR
画 ぎん太郎
原作 あざらしそふと
定価 900円+税
好評発売中!!